JAMES R. FORD

CAIXA DE ESPELHOS

SKULL EDITORA

CAIXA DE ESPELHOS

JAMES R. FORD

Editor chefe
Fernando Luiz

Revisão
Jonas Vendrame

Diagramação
Cris Spezaferro

Capa
Anael Medeiros

Dados Internacionais de Catalogação na Publicação (CIP)
(Câmara Brasileira do Livro, SP, Brasil)

FORD. R. JAMES
Título: CAIXA DE ESPELHOS/ JAMES R. FORD / São Paulo: Skull, 2021.
196 pp. 16X23
ISBN: 978.65.86022.5.99
1.Thriller 2. Literatura Brasileira 3. investigativoI. JAMES R. FORD III. Título
82-3 CDD 820

Índice para catálogos sistemáticos:
1.Thriller: Literatura brasileira

Para aqueles que, ao longo
do caminho, acreditaram.

"Se você me enganar uma vez,
a vergonha é sua; se me enganar
duas vezes, a vergonha é minha,
se me enganar três vezes,
a vergonha é nossa."

Stephen King

I
Condescendência

O cheiro do couro envelhecido dominava o ar exalando um forte odor molhado que incomodava o olfato. Esparramava-se em uma tênue linha entre o agradável e o desagradável. Era um cheiro característico. Lembrava o odor de um sofá velho, uma tira de couro para afiar navalhas, uma jaqueta molhada ou até mesmo um cinto gasto com marcas de fivela. Quaisquer que fossem as lembranças imbuídas nesse odor, elas sempre acompanhariam a mente de Lizzy em uma longa noite de viagem.

Dessa forma prazerosa os dedos da mão entrelaçavam o couro marrom, que percorria minuciosamente costurado sobre o volante do carro, o ronco do motor produzia vibrações que anestesiavam os dedos.

Os bancos, recém trocados, destoavam-se do resto do carro como um botão de camisa perdido em meio a uma caixa de agulhas de costura. O *design* elegante e antigo de um carro de colecionador se quebrava grotescamente com os assentos de corrida que beiravam à "*bréguisse*" de um adolescente desesperado por atenção. Afinal de contas, estamos falando de uma peça única que faz vibrar o coração de qualquer garota adolescente na casa dos quatorze anos. Qualquer ingenuidade florescida de uma puberdade prematura seria facilmente atraída pelo ronco do motor.

Um odor de terra molhada era soprado para dentro do carro através das janelas, as mãos macias da jovem Lizzy se apoiavam no volante embalando as curvas da estrada ao som de uma música de uma rádio local. Talvez a voz ludibriante de Bob Dylan e a letra de "Lay Lady

Lay" tivesse trazido as lembranças na mente de Lizzy, talvez o couro fizesse recordar o pai nos calorosos dias de verão, ou quem sabe ainda nada disso fizesse sentido algum naquele momento e o odor do couro simplesmente irritasse a velha conhecida alergia, confundindo os sentidos olfativos.

O pouco esmalte vermelho se descascava pelas unhas enquanto uma das mãos tratava de eliminar o resto, o dedo indicador contornava insistentemente as unhas dos dedos repousados no volante roçando com a ponta da unha as migalhas rubras que despencavam sobre o assoalho do carro.

A repetição do descascar de unhas embalada pela rádio com interferências intermitentes temperavam a viagem com um certo toque de monotonicidade. Em contrapartida, uma noite extremamente silenciosa habitava o lado de fora do carro. As curvas abertas ditavam trocas de marcha inconstantes que alteravam as notas graves e ribombantes de um motor v8 chacoalhando o capô.

De certo modo, toda essa mistura de sensações a fazia vibrar, Lizzy se sentia em uma sintonia nostálgica em meio a uma viagem estressante. Jonathan a fazia dirigir o velho Dodge Charger, ainda que ela detestasse a direção. Enquanto isso, Jonathan cochilava com os braços cruzados agarrado à sua jaqueta de nylon. Lizzy observava de relance, entre uma passada de marcha e outra, o namorado babando ao seu lado. Uma imagem estúpida de uma criança mal acostumada era mascarada pela a figura de um homem na casa dos vinte e dois anos com barba mal feita e cabelos dourados.

Uma velha inquietação emergia dos pelos da nuca de Lizzy, os fios pretos eriçavam como se ela estivesse tocando um globo eletrostático na feira de ciências do colegial. Ela olhava constantemente pelo retrovisor, onde a escuridão tomava conta da traseira do v8, apenas a mancha vermelha das lanternas iluminava cerca de um metro e meio de estrada onde faixas amarelas passavam intermitentemente pelo asfalto, como uma linha de montagem industrial. Uma voz amigável ecoava na rádio fazendo comentários engraçados sobre uma festa paroquial que acontecera semanas atrás. A voz ainda explanava insistentemente sobre uma cidadezinha nos arredores que era famosa pela colheita anual.

Lizzy já havia se acostumado a cruzar o estado de Connecticut para ver os pais, porém essa seria a primeira visita de Jonathan depois da briga.

Um jovem bonito, dono de um Dodge Charger preto com rodas de liga leve, um penteado descontraído e um cigarro no canto dos lábios. Lizzy, a jovem donzela de cabelos negros e olhos castanhos, observava diariamente o cavaleiro em seu cavalo de aço motorizado. Algumas das várias garotas se derretiam por Jonathan na época, já Lizzy nunca se importou com cheiro de gasolina ou de pneus queimados, sua maior preocupação na época era o torneio anual de hockey.

Nem o som imponente do carro, nem a beleza do garotão de dezenove anos teria convencido uma jogadora assídua e campeã por nove vezes a se deixar levar. Negativo. Ela não seria mais uma coadjuvante na vida de alguém que só consegue decorar a ordem de instalação dos pistões de uma lata velha, pensava ela. Mas a vida não é um mar de rosas, não é mesmo? Algumas vezes você faz as escolhas e as escolhas fazem você.

Enquanto o farfalhar da jaqueta de Jonathan obrigava Lizzy a verificar o seu estado sonolento, a última migalha de esmalte velho saía das suas unhas e caía no assoalho em meio às recordações de uma jovem campeã, agora fadada ao fracasso.

A rádio saiu do ar em determinado trecho da estrada, Jonathan farfalhou novamente sua jaqueta escancarando a boca em um bocejo inquietante, abrindo os olhos e observando ao redor até se dar conta de onde estava.

— Está frio... eu preciso mijar, e, preciso agora. Encoste o carro, Liz.

Um aceno negativo com a cabeça acompanhado de um revirar de olhos estampou o rosto de Lizzy enquanto diminuía a marcha para encostar à beira da estrada.

Um pouco de neblina pairava sobre o asfalto e o céu estrelado criava um papel de parede no teto da noite.

Extremamente irresponsável, foi assim que o pai de Lizzy descrevera Jonathan em um jantar de família seguindo Lizzy com os olhos pelos cantos da sala de jantar enquanto ela recolhia os pratos. Extremamente chato! Era assim como ela agora o descrevia em sua mente, procurando um motivo relevante que fizesse sentido de se apaixonar por um cara como ele.

Porém, os porquês já não importavam tanto. A convivência, a paixão da juventude e o eventual amor imbuído em todas as horas ao lado de um sujeito tão mesquinho e egoísta criaram de uma forma subjetiva, uma espécie de condescendência amorosa entre eles.

— Lizzy?

— Tá, tá... eu já vou encostar, Jonathan — disse Lizzy.

O carro deu um solavanco seco em um galho de árvore, despertando Lizzy em um reflexo rápido que a fez frear bruscamente. O cheiro de pneus queimados invadiu o carro enquanto uma densa fumaça subia pela traseira do automóvel, causando um borrão na escuridão.

Jonathan olhou com uma cara de insatisfação permeando Lizzy da ponta dos fios de cabelo até os dedões dos pés, em seguida abriu a porta do carro e desceu.

O frio tomava conta da estrada taciturna. Em lampejos tímidos, a luz da lua aparecia entre as nuvens e criava um pequeno holofote natural entre as árvores. Jonathan acendeu um cigarro enquanto urinava e, em um breve momento, olhou para os lados observando o local. Percorreu com os olhos os arredores e deu um trago no cigarro.

A temperatura pareceu baixar uns três graus repentinamente fazendo com que Jonathan sentisse um calafrio que fez o corpo inteiro se remexer. O tremelique momentâneo fez com que ele molhasse as botas de urina. A frustração em seu olhar não teve plateia alguma, apenas a sensação térmica congelante o acompanhou no descuido.

— Lizzy, eu preciso de um lenço de papel ou qualquer coisa pra limpar minhas botas.

Elizabeth, "*Elizabeth Baker*"; esse era o nome forte e intimidante que se espera em uma mulher com sede de conquistas e sucesso em meio a uma sociedade fraturada pela corrupção e pela névoa esbranquiçada de cocaína que invadia as ruas locais. "*Elizabeth Baker*", a campeã estadual de hockey no gelo agora atendendo pelo apelido. "*Elizabeth Baker*", a jovem virtuosa agora carregando lenços de papel para uma eventualidade, um descuido masculino na hora de se aliviar em um acostamento de estrada.

Lizzy abriu a porta do carro e desceu com um punhado de lenços na mão cruzando os braços ao sentir a brisa que percorria a lateral do carro. A temperatura continuava a despencar e agora uma neblina densa começava a invadir a estrada, entrelaçando-se pela vegetação densa que se alastrava pelo acostamento. Jonathan acabava de se aliviar e ela o ajudava dando-lhe os lenços de papel, nessa altura os dois já tremiam de frio e a neblina dominava a estrada deixando uma visibilidade mínima.

O relógio de pulso de Jonathan apitou com um fraco sinal que soava como um rádio com pilhas no fim da vida. Era difícil dizer se o trincado no vidro do relógio produziu aquele som grave ou se de fato as baterias estavam dando seus últimos suspiros.

Duas da manhã, acusava o relógio com os ponteiros cambaleantes sob aos trincos do visor. Uma briga com o segurança da 7-eleven há algumas semanas era a causa da trinca.

Jonathan tinha o temperamento de um adolescente de quatorze anos frustrado com um presente de natal do qual não esperava. Naquela noite de sábado o expulsaram da loja de conveniência. Aparentemente a máquina de sucos não estava produzindo gelo suficiente para o gosto de Jonathan. Quando o guarda tentou apaziguar a reclamação, que já se encontrava fora de controle, Jonathan deu com o braço esquerdo, chocando o relógio contra o peito do segurança.

— Já são duas... eu dirijo agora ou nunca vamos chegar na casa do seu velho — disse Jonathan

— Ele é todo seu.

Em meio a neblina, dois pequenos holofotes amarelados surgiram atravessando a névoa esbranquiçada e o ronco de um motor rugiu com uma cadência extremamente lenta. Lizzy e Jonathan se entreolharam e em seguida encararam as luzes que se aproximavam, como se fossem lamparinas trazidas por algum barqueiro em meio a um lago pantanoso.

O som de motores aumentou e por entre a neblina a "caravana" apareceu, como um navio mercante, um Ford Galaxie 500 – 1969, com uma capota vinho em lona e uma pintura creme que reluzia à luz da tímida lua estampada no céu.

A densa névoa se dissipava conforme o elegante ronco do motor tomava a frente do automóvel, passando lentamente abrindo uma passagem fantasmagórica no meio da estrada. Os vidros eram claros e transparentes como um cristal recém soprado. Apesar da limpidez dos vidros permitirem que Lizzy e Jonathan vissem de maneira clara o interior do veículo, já não se podia dizer o mesmo a respeito do indivíduo que o conduzia. A sombra de um homem e a densa fumaça de um cigarro emolduravam o interior do carro e era possível ver o reflexo luminoso dos óculos de grau que adornavam o protuberante osso nasal pontiagudo.

A caravana continuou lentamente e os óculos arredondados perseguiram de forma sutil o jovem casal parado no acostamento da estrada.

Jonathan olhou com uma cara de marrento para o indivíduo. Os dedões das mãos se enfiaram pelo lado de dentro dos cintos da calça exibindo a fivela. Um encaixe improvisado segurava um soco inglês, que possuía pinceladas de um tom cobre.

O Ford Galaxie passou, simplesmente passou da mesma maneira que apareceu, levemente exuberante em sua majestosa demonstração de sonoridade e imponência entre sua pintura creme e capota de lona em vinho.

— Mais um velho babaca numa barca de lata — disse Jonathan.

— Velho ou não, isso foi bem sinistro, vamos cair fora, estou congelando, Jonathan!

Entraram tremendo no carro, as pernas cambaleando. Uma garrafa de whisky deu conta do trabalho de esquentar as duas pobres almas.

Não demorou muito para que o clima gélido e fantasmagórico fosse regado com uma chuva torrencial. Aparentemente alguém lá em cima havia ligado o interruptor e não iria desligar tão cedo.

A viagem seguiu enquanto a voz no rádio discutia sobre receitas de muffins e substituía as músicas da rádio local. O cheiro de bebida barata havia tomado conta do interior do carro, o odor de couro já havia desaparecido com todas as nuances que o álcool poderia causar no olfato de qualquer pessoa, e a garrafa vazia agora jazia no assoalho por entre as pernas de Jonathan.

O ronco do motor estremecia e vibrava o capô do carro enquanto os dois cortavam a névoa ludibriante durante a madrugada chuvosa.

Uma velha discussão surgiu entre uma palavra e outra, algo que incomodava Lizzy desde a última temporada de hockey; a troca de olhares pretensiosos que aconteciam entre uma tacada e outra enquanto a lâmina dos patins rasgava o gelo da pista.

— Jonathan, eu não sou babaca, eu sei que aquela garota andou esfregando aquele perfume barato pra cima de você.

— Lizzy, eu não vou voltar nesse assunto, *foda-se* o que você pensa, eu não encostei na Stacy.

O tom de voz de Jonathan oscilava em tons graves e fraquejos. Com o passar dos anos, Lizzy aprendeu que esse era um "TOC" muito característico dele e, que, vinha à tona toda vez que ele tentava mentir.

Como naquele verão em que Jonathan ateou fogo na barraca de praia da torcida de Rugby.

Essa oscilação constante na voz de Jonathan entregava o entregava de maneira óbvia. Mas não se tratava da mentira em si, da desculpa, do perdão ou simplesmente Lizzy saber que de fato rolaram umas "tacadas" e algumas escorregadas naquele gelo fino, a única coisa que ela queria era que Jonathan admitisse uma vez na vida algum de seus erros.

A vida de Lizzy seguia como uma travessia entre dois prédios através de uma linha tênue tensionada ao máximo, onde ela caminhava sobre o amor e ódio.

Jonathan dirigia mais rápido e de maneira mais descuidada, trafegando sobre o asfalto de forma intensa e imprudente. Os pneus cantavam com um agudo, mesmo nas curvas mais suaves.

— Eu não entendo por que você se dá o trabalho de mentir pra mim!

Lizzy gritou como se o ar fosse sair totalmente de seus pulmões, murchando e transformando a respiração em um vácuo, um vazio murmurante na noite.

Jonathan simplesmente deu de ombros, balançando levemente a cabeça de forma negativa. Bobagens e bobagens, dessa forma o minúsculo cérebro funcionava com engrenagens enferrujadas e alguns estalos secos que exalavam fumaça.

O pedal do acelerador sentiu um peso inebriante causado pelo estresse do condutor, o ponteiro do velocímetro tremeu de forma intensa enquanto seguia para a direita de forma oscilante.

— Eu não entendo por que diabos você faz isso! Você pode por um momen...

— Jonathan, cuidado!

O discurso de Jonathan foi interrompido por um solavanco estrondoso que eclodiu em meio a escuridão. O carro arqueou para esquerda e os pneus cantaram em coro gesticulando nuvens de fumaça e borracha queimada.

Um espesso galho de árvore caído no meio da estrada se projetava como um quebra-molas improvisado, o carro em alta velocidade pulou e cambaleou. O semblante de Lizzy estremeceu em pavor, suas mãos buscaram agarrar os ganchos laterais do teto em uma tentativa de combater a gravidade que a inversão dos corpos proporcionava. O capotamento seguiu e, instantes antes do acidente, Jonathan tentou pisar nos freios com a esperança de ludibriar o inevitável.

Quando o capotamento cessou, ele estava desacordado e com o queixo enterrado no peito. De cabeça para baixo, os dois tripulantes sangravam regando os cacos dos vidros do carro que jaziam pelo teto.

A chuva tinha acabado de dar seus últimos suspiros e Lizzy não sabia por quanto tempo ficou desacordada. Uma dor inquietante se alastrava pela perna direita que, de certa forma, sentia-se adormecida numa mistura prazerosa de dor e anestesia.

Ela tentou olhar para os lados, mas a força do seu corpo sobre sua cabeça a impossibilitava de fazer qualquer tipo de movimento, tudo que se podia fazer era apelar à sua visão panorâmica e deduzir a gravidade da situação pela nuance de cores do cenário desajeitado.

Minutos depois, aquele som elegante apareceu. O som da caravana, o barqueiro sob os óculos de grau arredondados que brilhavam sob a luz da lua, o Ford Galaxie e sua majestosa entrada retornavam à cena.

O semblante de Lizzy foi estampado por uma imagem de esperança, porém as suas forças já se encontravam exauridas para qualquer tentativa de súplica à elegante figura que se aproximava. O carro parou e a porta se abriu. Ela viu o homem parado à frente da porta do passageiro do carro capotado, calças bem passadas e um par de sapatos, que reluzia de tão lustrado. O sujeito enfiou a mão direita no bolso e ela ouviu um estalar de pedra de isqueiro, uma, duas, três, quatro vezes.

Em uma última tentativa de comunicação, Lizzy tentou falar... buscou forças e oxigênio nos pulmões perfurados pelas costelas, que agora davam sinais de dor, um último piscar de pálpebras e ela apagou... apagou da mesma maneira que a chama do isqueiro do sujeito, de forma instantânea. O relógio trincado de Jonathan agora anunciava a próxima hora, com a bateria morrendo e o som abafado.

II
SUBSERVIÊNCIA

O leve som da brisa culminava por entre as cortinas de cetim, assim como a claridade da luz do dia. A luz penetrava por entre as frestas criando uma perfeita faixa retangular amarelada sobre a cama delicadamente arrumada, apesar da criatura que habitava o leito.

O calor da faixa amarela se projetou sobre a criatura causando um certo incômodo, aquele ardor sobre a pele que o sol da manhã causa quando se fica por muito tempo exposto. Esse incômodo se responsabilizou por Lizzy abrir os olhos. Ela se chocou com a luz da janela que clareava o seu rosto, um brilho inebriante que a noticiou de uma dor de cabeça latejante.

A garota acordou e se deparou com um quarto extremamente arrumado e limpo. Pela janela, conseguia avistar algumas copas de árvores que balançavam com a brisa que soprava do lado de fora. Algumas peças de porcelana se projetavam numa cômoda à frente da cama, Lizzy levantou devagar sentando-se na cama enquanto sentia a maciez da roupa de cama, que parecia ter sido recém trocada. Uma cadeira de rodas habitava o canto direito do quarto em uma armação em inox com assento e encosto de pano.

Ela se deu conta do acidente quando a dor permeou suas costelas, ela colocou as mãos sobre a lateral do corpo e percebeu as faixas que cobriam os ferimentos. Quando puxou a roupa de cama de cima das pernas notou que a direita também se encontrava enfaixada com uma tala imobilizando os movimentos, porém a dor ali não habitava. Ao lado de sua cama havia um sino dourado em cima de um móvel em madeira de sândalo, logo notou o uso do apetrecho, mas não se atreveu a utilizá-lo, pelo menos não ainda.

Começou a se perguntar se Jonathan se encontrava em algum quarto semelhante sob mantas elegantes e bem passadas acompanhadas de um sino barulhento, mas um outro barulho chamou sua atenção, enquanto imaginava a possível cena, o som do seu próprio estômago. Algo inquietante parecia habitar a barriga, a fome.

O vento soprou pela janela e a maçaneta dourada da porta girou lentamente enquanto Lizzy observava numa postura apreensiva, esperando quem entraria. A porta do quarto se abriu e a figura de uma senhora negra se espreitou pela porta, ela carregava um sorriso extremamente amistoso além de uma bandeja de café da manhã. A senhora se esgueirou e entrou no quarto carregando um forte aroma de laranjas que pairava sobre a bandeja espelhada. Lizzy tentou se levantar, mas as costelas latejaram, colocando-a de volta na cama.

— Minha querida, não se esforce ainda... haverá tempo para se recuperar e recompor suas forças — a senhora exclamou com as sobrancelhas elevadas em preocupação e zelo pela nova convidada. — Vou colocar a bandeja aqui, está na hora de ingerir algo sólido, vamos trocar a dieta do soro pelas frutas.

— Me desculpe, mas... — Lizzy hesitou em perguntar. — Meu namorado? Você pode me dizer se ele está bem?

— Minha querida, trate de comer. O Sr. Maud irá lhe explicar toda a situação... a propósito, sou a Sra. Pauline, sou a governanta do casarão, mas pode me chamar de Paul.

A Sra. Pauline a ajudou a se recostar na cabeceira da cama, colocando um travesseiro sob suas costas, a dor ainda permeava Lizzy e a perna jazia pesada com a tala.

— Obrigado pela refeição... e-eu realmente estou morrendo de fome...

— Não se preocupe, meu bem, você está em boas mãos, reponha as energias e qualquer coisa que precisar estarei por perto... ah, use o sino se precisar de mim.

Sem maiores explicações, a Sra. Pauline tratou de se retirar com seus trejeitos zelosos.

Ela saiu do quarto escancarando a porta brevemente enquanto Lizzy atacava de maneira descuidada a bandeja. Por um momento, foi possível que olhasse para fora do quarto e tivesse tempo suficiente para construir uma ideia prematura do lugar. Podia ver o começo de uma escada com degraus brancos e corrimão em madeira trabalhada. Ao fundo, uma sala com portas duplas entreabertas. Uma nuvem espessa de fumaça pairava sobre uma poltrona dentro da sala que estava de costas para a visão de Lizzy, era possível ver um fio preto encaracolado, que parecia ser de fones de ouvido. O fio percorria o encosto de braço da poltrona para o outro lado da sala.

A porta do quarto em que Lizzy se encontrava fechou com um leve clique de maçaneta, não foi trancada, somente fechada.

A garota terminou o seu café da manhã e colocou a bandeja de lado, usando os lenços bordados que acompanhavam o banquete. Enquanto se ajeitava na cama começou a observar cuidadosamente o que compunha o quarto e teve a leve impressão de ter sido transportada para um dos quartos de hóspede de época. A mobília parecia ter sido tirada de um romance.

As costelas ainda doíam, porém o estômago se acalentou no banquete recebido. Agora, ela tentava se inclinar em direção à janela em busca de um visual melhor do cenário.

O clique de maçaneta soou novamente acompanhado de um leve bater de porta. A figura da Sra. Pauline apareceu novamente.

— É hora de a senhorita sair um pouco deste quarto, o Sr. Maud irá recebê-la. Como está se sentindo, querida?

Lizzy se recostou novamente na cabeceira da cama e olhou estranhamente para Sra. Pauline.

— Me sinto bem melhor, não saberia como agradecer o café da manhã, Sra...

— Ah por favor, querida, me chame de Paul, não precisa se acanhar.

— Tudo bem, Sra... digo, Paul, eu realmente estou agradecida por tudo.

Ela corou sob os cuidados enquanto a governanta pegava a cadeira de rodas disposta no quarto e ajeitava o assento.

— Vamos até a varanda, o Sr. Maud gostaria que você conhecesse as garotas antes, depois levo você até ele.

O gesto educado de apresentação deixou Lizzy inquieta e curiosa. *As "garotas"? Quem seriam? E que idade teriam?* Pensou ela.

Ela só queria saber se Jonathan estava bem, nada mais.

A Sra. Pauline ajudou Lizzy a se sentar na cadeira de rodas e levantou um apoio de perna, onde ela colocou a direita com a tala.

— Minha querida, o Sr. Maud pediu para você usar esses óculos de sol. Você está há vinte e um dias dormindo.

—Vinte e um dias?! — Ela olhou espantada para Sra. Pauline.

— Sim, querida, você estava muito debilitada, mas o Sr. Maud vai explicar tudinho.

Enquanto a cadeira de rodas era guiada, Lizzy confabulava em sua cabeça sobre o paradeiro de Jonathan. Onde ele estaria e, como estaria? A névoa de preocupação começava a se espalhar pela sua mente.

As rodas da cadeira começaram a rodar e o som dos rolamentos lubrificados soaram em um ritmo metronômico. As leves sobressalências do piso causavam uma trepidação inquietante nos quadris da garota. Elas saíram pela porta do quarto e atravessaram o saguão principal onde se encontrava a escada que Lizzy havia visualizado anteriormente. A casa era impecável e organizada, várias obras de arte estavam dispostas nas paredes e um cheiro de lírios percorria adesivada a uma corrente de ar que descia da escada principal.

Pauline atravessou a porta de entrada com a cadeira de rodas e percorreu a varanda que contornava a lateral da casa, Lizzy usava os óculos de sol e observava a paisagem que se estendia. O panorama de uma enorme fazenda se perdia com grandes árvores que criavam uma barreira fronteiriça para o resto do mundo.

Ela chegou na cadeira de rodas que era conduzida pela Sra. Pauline a uma extensão maior da varanda que se abria circularmente em um palanque com assoalho de madeira. Lá estavam as meninas mencionadas. Uma delas pintava uma paisagem em numa tela enquanto a outra lia um livro em uma cadeira de madeira envernizada. Não eram "meninas" de fato, agora que Lizzy chegava à varanda circular pôde constatar. Elas provavelmente estavam na casa dos quinze ou dezesseis anos, os corpos femininos recém desenvolvidos como pãezinhos assados.

— Olá! Fico feliz que você esteja se recuperando, espero que logo possa andar novamente — disse a garota loira.

— Não ligue para a simpatia excessiva de minha irmã, Elizabeth — a garota que pintava a tela interrompeu a irmã. — Os bons modos dela são um tanto exagerados.

A garota entretida em sua tela de pintura exclamou sem olhar para Lizzy. Continuou com pinceladas cuidadosas, focada em sua atividade matinal.

— Desculpe, minha irmã não é boa com apresentações, eu me chamo Eleanor, a nossa artista ali é a Joan...

Lizzy cumprimentou as duas e observou o livro que repousava no colo de Eleanor, um livro de capa escura e de título em letras douradas, "Romances e [...]" algo a mais que ela não conseguiu decifrar.

— Tudo bem, eu agradeço o que vocês têm feito por nós.

— Nós?

Joan pausou por um instante as pinceladas e olhou brevemente para a Sra. Pauline.

— Você deve estar cansada, não precisa nos agradecer, descanse um pouco... Paul, você poderia trazer outra jarra de suco? — disse Eleanor, sorrindo.

O livro no colo da garota voltou a ser aberto. Paul assentiu virando a cadeira de rodas para percorrer o caminho de volta.

Lizzy ficou um pouco confusa com a breve apresentação e a dor de cabeça a impedia de raciocinar de forma clara. De certa forma, a ocasião tinha sido agradável pela recepção amistosa, porém não pôde deixar de notar que as irmãs não compartilhavam de nenhuma semelhança física ou estética.

As portas brancas de correr se abriram assim que Pauline chegou. O Sr. Maud apareceu na entrada da pequena biblioteca.

— Bom dia, Elizabeth, imagino que esteja um pouco confusa nessa manhã, por favor Paul, deixe comigo...

O Sr. Maud segurou nos apoios da cadeira e arrastou Lizzy para dentro da sala e a colocou de frente para a mesa. Ele acendeu um cigarro retirado de um estojo espelhado sobre a mesa. Deu uma longa tragada e soltou fumaça no ar.

— Bom, imagino que tenha muitas perguntas, muitas dúvidas e, principalmente, curiosa para saber a situação do seu parceiro de estrada...

— Sim! Digo, estou preocupada com ele, como ele está? Posso vê-lo?

O Sr. Maud semicerrou as sobrancelhas enquanto encarava a ponta em brasa do cigarro.

— Jonathan, certo? Bem, ele não está aqui, quando achei vocês ele estava em estado grave. Ele foi retirado primeiro das ferragens e levado por um dos meus empregados ao hospital que fica a quarenta quilômetros daqui. Você, por outro lado, continuou presa no carro, eu e um outro empregado da fazenda conseguimos tirar você de lá...

— Mas como ele está? Eu preciso ir até ele, avisar os pais dele e os meus também...

— Não se preocupe, querida. Um dos meus empregados está com ele no hospital, a última notícia que tive é de que seu parceiro de viagem está bem e estável. Eu gostaria de poder oferecer o telefone da casa para avisar seus pais, porém estamos sem a linha telefônica há alguns dias.

— Sem linha telefônica?

— Sim, acredito que algum raio tenha castigado uma das caixas de telefone da rodovia. De qualquer forma tomei providências para que fosse consertado o mais rápido possível.

O semblante aflito de Lizzy pareceu esmaecer no decorrer da conversa. O cigarro continuava a queimar lentamente enquanto repousava entre os dedos do Sr. Maud. A Sra. Pauline bateu à porta e a abriu lentamente. Um jarro de suco foi entregue e o Sr. Maud agradeceu com um sorriso.

O ambiente criava um diálogo fluído. O Sr. Maud continuou a explicar a situação.

— Eu achei um tanto prudente trazê-la para cá primeiro, tendo em vista que seu estado não parecia ser tão grave. Entretanto, você permaneceu inconsciente por um bom tempo, as meninas acabaram criando uma certa simpatia por você durante esse tempo. Estão, de certa forma, empolgadas com o seu despertar.

— Eu agradeço, Sr. Ma...

— Ah, por favor, acabei sendo "desleixado" e não dando a importância devida à certas... apresentações, por assim dizer. Meu nome é Leslie Maud, devo dizer que seu nome já se tornou um hábito na propriedade, aliás me perdoe, mas tive que olhar seus pertences e documentos em busca de alguma informação sobre a senhorita. De qualquer forma, quero que se sinta em casa enquanto estiver aqui.

Lizzy se sentiu aliviada por saber que Jonathan estava em boas mãos. Ainda assim existia uma ansiedade que invadia seus ânimos em meio ao caos mental que parecia se estabelecer com o sintoma de uma horrível enxaqueca em sua cabeça. A garota colocou os dedos nas têmporas.

— É normal — disse o Sr. Maud.

— Desculpa. Não entendi, Sr.

— Me chame de Leslie. É normal, Elizabeth, essa dor de cabeça que provavelmente está sentindo.

— Sim, minha cabeça realmente está me matando, não lembro se a bati no carro.

— Bom, tenho algo para te ajudar com as dores de cabeça e também a dormir melhor. Agora que está consciente talvez seja um pouco desconfortável as primeiras noites de sono.

— Eu agradeço, Sr. Leslie, mas gostaria, se possível, que eu fosse levada até o hospital onde Jonathan está, de lá eu conseguiria telefonar para os meus pais e os dele também.

— Claro, Elizabeth. Com toda certeza, só gostaria que descansasse um pouco, junte-se a nós durante o almoço e logo em seguida posso te levar até Jonathan.

— Eu ficaria muito agradecida, Sr. Leslie!

Lizzy ficou contente ao saber que, apesar das coisas darem errado, poderia se encontrar com Jonathan.

Leslie abriu a gaveta da mesa do escritório e retirou um frasco de remédios e colocou sobre a mesa, era de um plástico alaranjado e sem etiqueta, o frasco estava amarrotado de comprimidos rosados.

— De qualquer forma, fique com os comprimidos, vão aliviar a dor de cabeça, assim como a percepção da dor que você tem do membro quebrado, no cair da noite a sua perna pode te incomodar tremendamente.

— Obrigado, Sr. Leslie, mal consigo raciocinar com essa enxaqueca.

Enquanto Lizzy reclamava de dor, Leslie agarrou um copo de suco e deu a Lizzy, ela bebeu e tomou o primeiro comprimido com uma expressão incômoda. O comprimido desceu enroscando pela garganta. A porta se abriu novamente e a Sra. Pauline reapareceu, agora para dar a notícia de que a comida já se encontrava à mesa.

— Obrigado, Paul, pode deixar que eu mesmo me encarrego de levar a Srta. Elizabeth.

Leslie prosseguiu empurrando a cadeira de rodas, encaminhando-se até a sala de jantar, Lizzy se limitava em amenizar a dor com a ponta dos dedos pressionando as têmporas.

A mesa estava posta, Paul coordenava duas outras empregadas que traziam travessas de comida. O cheiro tomava conta da sala de jantar, parecia um breve buffet de boas-vindas. Uma variedade tremenda de frutas, assados e pratos decorados. Flores se projetavam em alguns vasos expostos nos cantos da grande sala de jantar.

Uma das empregadas tratou de retirar uma das cadeiras da mesa e o Sr. Leslie encaixou Lizzy no espaço vazio, como um cartucho de espingarda. As garotas chegaram e sentaram de forma ordenada, uma de cada lado da mesa e de frente para a outra. As empregadas terminaram de servir os pratos e o Sr. Leslie se sentou na ponta da mesa enquanto a ponta no outro extremo jazia vazia, porém havia uma taça, pratos e talheres sobre a mesa, como se estivessem esperando alguém.

— Sente-se melhor, Elizabeth? — disse Eleanor, com a voz açucarada.

— Sim, um pouco, agora que tomei os remédios.

— Que ótimo. Os remédios do papai são tiro e queda, em alguns minutos você não sentirá mais nada, eu garanto.

Uma empregada abriu uma panela que cheirava a molho de mostarda e açafrão. O aroma cutucou o estômago da garota, que ainda parecia descontente.

— Elizabeth, se me permite perguntar, de onde você é?

— Sou de uma cidadezinha do interior de Minnesota, Blakeville. Já ouviu falar?

— Não, na verdade não...

— É uma cidade pequena, mas agradável.

— Deve ser movimentada, pelo menos para mim que estou acostumada a ficar aqui no casarão.

— Mas vocês não vão à cidade por aqui?

— Não me lembro da última vez que fomos. Mas eu acho que sim.

— Acha? — disse Lizzy.

Eleanor fez uma careta e mordeu os lábios, parou e agarrou uma concha de ensopado.

— As garotas não costumam sair muito, Jeanine e eu cuidamos de tudo, aliás perdoe a ausência da minha esposa, ela não se sente muito bem hoje — disse o Sr. Maud, interrompendo a conversa. — Blakeville, hein? Cidade agradável, hockey no gelo, rugby e festas de inverno... acredito que não tenha mudado muito, né?

— O Sr. conhece?

— Costumava, mas agora me conservo em casa.

— Papai está escrevendo outro livro! — disse Eleanor.

Eleanor olhava entusiasmada e arregalava os olhos "*papai está escrevendo outro livro*", Lizzy estranhou o entusiasmo, mas mantinha o ensopado como assunto primário naquele momento.

— Você é católica, Elizabeth? — Joan a fitou e perguntou novamente. — Digo, religiosa e tudo mais?

— Católica, sim, por parte dos meus pais, na verdade, mas não faço o tipo praticante "assídua", se é que me entende.

— Ah, pergunto porque notei o crucifixo no seu pescoço.

— Ah, isso não é nada demais, presente da minha treinadora.

— Sim, eu vi, digo... nas suas coisas, tem um taco de hockey que acabei notando de relance.

Um homem alto e troncudo apareceu na porta, as costas largas taparam a luz que penetrava pela entrada da sala de jantar, o homem parou e fitou todos no interior.

— Fletcher! Eu ia mandar Paul te procurar, por favor, sirva-se, depois eu e você levaremos nossa convidada para o hospital na cidade, ok?

Fletcher fitou e assentiu com a cabeça para o Sr. Leslie e permaneceu calado. Agarrou um prato fundo de ensopado que lhe foi dado por uma das empregadas e saiu rapidamente.

— Católica então? — disse Eleanor.

— Sim, mas não praticante, pai.

— Eleanor, acredito já ter mencionado algumas vezes que não é nada educado responder pelos outros, não?

— Desculpe...

— Tudo bem, ela tem razão — Lizzy exclamou. — Não tem problema, Sr. Maud.

— Não se preocupe, Elizabeth, mas sabe como são as coisas, não podemos deixar certos comportamentos se enraizarem, como ervas daninhas. É sempre bom controlar.

Uma empregada apareceu carregando uma bandeja. Uma peça assada de salmão com algumas especiarias e limões sicilianos cortados minuciosamente se apresentaram com um aroma elegante e cítrico. A garota quase não acreditou no que estava vendo, parecia um mini buffet, uma ocasião especial ou um comitê de boas-vindas. Ela arregalou os olhos de tal forma que quase sentiu como se fossem cair das cavidades oculares.

— Apesar do papai manter a mente aberta e nos dar liberdade para acreditarmos no que quisermos, não temos religião... tenho que concordar que todo o pacote de regras limitantes e alienantes que vêm através de uma crença seja enclausurante para o ser humano. Claro, para uma mente desprovida de certo intelecto, é compreensível...

— Joan, apesar de concordarmos, acho imprudente termos essa conversa com Elizabeth à mesa.

— Sim, Leo, não pretendo incomodar, mas a mesa está sempre aberta a debates, não é papai?

— Joan, sem apelidos à mesa... chame a sua irmã pelo nome... sempre. E, sim, a mesa está aberta a debates, contanto que tais debates não sejam um incômodo aos convidados.

Lizzy observou a conversa enquanto mastigava o suculento salmão, seu estômago agradecia a cada abocanhada naquela saborosa carne rosada.

— Não, por favor, não se incomodem. O catolicismo é uma formalidade, coisa de família. E eu adoro conversar.

— Viu? Ela tem a mente aberta, Eleanor.

— Isso é bom, é ótimo ter alguém diferente para conversar — disse Eleanor.

O Sr. Maud observava a cena com um sorriso enquanto mastigava, uma taça de vinho branco o acompanhava enquanto dava generosas colheradas no ensopado em seu prato.

— De fato, se pararmos para pensar, as diversas crenças e as mais variadas religiões são meros frutos da nossa sociedade e da cultura regional que provém dela. Costumes e "verdades" herdadas ao longo de gerações.

Mas não se enganem, meninas, existem filosofias interessantes imbuídas como uma parcela sutil em cada um desses invólucros culturais.

— Co-como assim? — perguntou Joan.

— Joan, temos de "separar o pecado do pecador", por assim dizer, lembre-se que a fé é um termo comumente ligado ao cristianismo, porém temos de estabelecer que a fé é oriunda da mente humana. Ela, de fato, existe, como um sentimento, um sintoma psíquico que traz benefícios à saúde mental do indivíduo em momentos muito específicos. Momentos de sofrimento, dor e angústia, por exemplo. A fé talvez seja um dos elementos positivos trazidos à tona pela religião. Não por que é divina, mas porque a crença trouxe à luz o reconhecimento da existência de tal elemento, ainda que seja uma versão disforme do que realmente é.

— Interessantíssimo, papai!

O almoço seguiu, Lizzy comeu como nunca parecia haver comido em toda sua vida. Estava satisfeita e ansiosa para ver Jonathan. A enxaqueca tinha ido embora, a perna já não incomodava. Fletcher carregava uma caminhonete com as coisas de Lizzy e Jonathan. Maud deu um tempo para Lizzy se recompor e a Sra. Pauline ajudou a garota a se vestir no quarto de hóspedes.

Quando tudo estava pronto, as garotas apareceram com um par de muletas para Lizzy, elas deram um abraço e disseram algumas palavras de despedida com um certo tom de formalidade visível, porém Lizzy sentia que de qualquer forma as palavras eram sinceras e a hospitalidade genuína.

Estavam todos ali, parados em frente à escadaria da entrada da casa.

— Então, vamos? Fletcher, vamos levar a Srta. Elizabeth — disse o Sr. Maud.

Fletcher respondeu positivamente e entrou no carro, no lado do passageiro, e aguardou.

— Bom, espero que venha nos visitar da próxima vez que vier por essas bandas, eu adoraria sentar e conversar sobre suas façanhas na pista de hockey! — Eleanor ecoou como um algodão doce. O Sr. Maud abriu a porta de passageiro do carro, Lizzy entrou enquanto Maud a ajudava e segurava as muletas. Após guardar as muletas na caçamba da caminhonete, ele assumiu a direção e partiu rumo a uma estrada que levava até o fim da propriedade.

Eles entraram em um trecho cerceado por uma vegetação densa, a estrada estava lamacenta como se um pé d'água tivesse castigado o estreito caminho.

— Então, Srta. Elizabeth, ansiosa para ver seu parceiro, não?

— Claro, espero que ele esteja bem.

— Bom, no último contato com meu empregado as notícias foram de que está bem e estável. Mas isso foi há quatro dias, como havia lhe dito, ainda estamos sem telefone, mas creio que o garoto já tenha recobrado a consciência.

Lizzy se sentiu aliviada por ter sido amparada, naquele ponto começava a pensar que se não fosse por aquele homem, provavelmente ela e Jonathan teriam partido para uma melhor.

A caminhonete seguiu o caminho lamacento por cerca de setecentos metros a partir do ponto em que a vegetação se tornava estreita, as árvores ficavam cada vez mais altas à medida que o veículo se aprofundava através da trilha, fazendo com que a luz do sol fraquejasse. Após uma curva sinuosa o carro parou, Lizzy arregalou os olhos e se projetou para frente para que pudesse ver melhor.

— Bem, não esperava que o estardalhaço da noite passada fosse algo assim. Parece que aqui é o fim da linha para nós, pelo menos por agora. — O Sr. Maud se virou desajeitado e olhou para Lizzy.

A garota se deteve olhando mais uma vez. Fletcher abriu a porta da caminhonete e desceu até em frente do veículo enquanto coçava a cabeça com enorme sinal de interrogação escancarado sobre os cabelos grisalhos. Uma tora de dois metros e meio havia caído como uma marreta no meio da estrada, os galhos se projetavam para frente, como espinhos de um ouriço.

— Não há outra estrada?

— Infelizmente, não, querida. Fletcher pode dar conta disso, mas levará dois ou três dias para que os empregados deem conta de atravessar as serras e mover a tora.

Lizzy encheu os pulmões de ar, fechou os olhos e suspirou enquanto o som das árvores ecoava com o chacoalhar das folhas. Era o fim da linha, por aquele momento.

III
APOFENIA

As grandes portas eram trabalhadas com entalhes e ornamentos. Apesar das poucas janelas e das vidraças embaçadas, a luz adentrava o grande salão e beijava os bancos de madeira que faziam companhia uns aos outros paralelamente. Um corredor central servia como passagem para as criaturas que frequentavam rotineiramente o recinto.

A igreja da congregação era pequena e aconchegante, mas fazia o seu papel com eficácia. Ela reunia algumas famílias e confortava outros tantos visitantes que se permitiam conhecer a igreja de beira de estrada. Eles paravam e participavam dos cultos, como se estivessem dando uma conferida em uma loja de conveniência, abasteciam as preces e a fé e logo iam embora. Em um caso ou outro se tornavam assíduos e viajavam de cidades vizinhas para ouvir a palavra.

O pastor Cliff presidia o culto todos os sábados e domingos, dava o seu melhor para manter em pé e em bom funcionamento o estabelecimento que vendia esperança. Morava nos fundos da igreja, tinha uma caminhonete velha e trabalhava em uma loja de produtos agrários e fertilizantes, o que rendia alguns bons trocados. Afinal, a reputação como padre acabava recaindo sobre a loja, o que atraía muitos dos seus fiéis e acabavam se tornando clientes. Clientes, fiéis… haveria alguma distinção entre os dois?

Dylan tomava nota em seu diário mental de reflexões e críticas particulares sobre essa observação acerca do que ele achava uma tremenda perda de tempo, a *Palavra*. Claro que, de certa forma, compreendia o poder da palavra e do discurso. A motivação e o acalento eram uma boa estratégia para manter os negócios da fé. O que ele não compreendia era a necessidade de ser arrastado pelos pais para esse ritual sagrado todos os finais de semana.

Lá estava ele em mais um sábado, sentado em um banco de madeira rodeado de duas dúzias de casais e famílias. O suor escorria da nuca dos fiéis, assim como a paciência de Dylan em meio aos passos lentos do ponteiro do relógio, ele gostaria de poder avançar algumas horas no tempo para estar novamente em casa com seus livros e histórias em quadrinhos.

O garoto observava o resto da congregação que se aglomerava na entrada da igreja. As duas portas abertas para a rajada de calor que adentrava ao grande salão pareciam duas porteiras de gado. A bunda de Dylan começava a suar e a calça colava entre as nádegas. E o banco de madeira, um incômodo constante que se prolongaria durante o vibrante discurso do pastor Cliff.

As portas se fecharam e os fiéis foram assentando de forma organizada, espalharam-se e formaram grupos amistosos que ocupavam de forma territorial, pequenos territórios bem delimitados entre as famílias e os estereótipos pareciam se formar naturalmente. Fazendeiros e donos de propriedades ocupavam a frente do salão enquanto a parcela de trabalhadores rurais ocupava espaços menos privilegiados. Ele se encontrava no meio do salão, sua família não era dotada de grandes recursos rurais, basicamente viviam da própria produção, porém o sobrenome Waldrich fazia o papel de acarretar algum prestígio pelo que tinham sido no passado. Talvez a "glória divina" tivesse que ser reconquistada através das preces e da devoção que negligenciada por muito tempo. E esse era o discurso que a Sra. Waldrich insistia, e era exatamente esse discurso que os levava com habitualidade à Congregação.

O pastor Cliff chamou a atenção de todos enquanto desabotoava as mangas da camisa de linho, o suor escorrendo pela lateral da testa descia em sincronia com as velas acesas ao fundo. A cera descia derretendo mais rápido do que de costume e criava um odor que criava uma memória aversiva em Dylan. O sintoma de insatisfação se projetava em uma tosse antiga que se apresentava nos piores momentos possíveis. Cliff deu início ao culto enquanto o garoto tossia, uma tosse leve e fraca, parecendo um sussurrar com rouquidão. Os fiéis olhavam torto e franziam as testas como se um gesto desrespeitoso estivesse sendo evocado pelo garoto.

— [...] e havia pássaros, irmãos, pássaros em todos os lugares... — Cliff murmurava enquanto apontava para o céu — [...] e ele, nosso salvador, encarava as estrelas durante a luz do dia, sim, porque o salvador é onisciente, e a escuridão do dia que cega os mais ávidos não poderia jamais ocultar a verdade do nosso salvador.

Dylan começava a revirar internamente os olhos enquanto ouvia o discurso do pastor, a baboseira havia começado e ele teria de acompanhar tudo bem de perto. *"Comprometa-se"* dizia a Sra. Waldrich, "*Comprometa-se e o bom Senhor nos devolverá o que é nosso*".

— [...] e não se enganem, os ímpios usarão a palavra contra a vontade do Senhor, usarão corvos com mensagens insidiosas e planos ardilosos...

A tosse continuava a se pronunciar contra a vontade de Dylan, a boca seca ajudava, e a pequena população calorosa começava a expelir palavras de concordância. Cuspiam e resmungavam durante o discurso do pastor como se precisassem serem ouvidas e aprovadas. Durante essa proclamação e a troca de palavras entre a plateia e o apresentador, Dylan abriu um bocejo que lhe custou uma cotovelada da Sra. Waldrich. Ele olhou de cara feia e a mãe olhou de volta com um olhar de desaprovação que lhe agravava a tosse.

— [...] e como diz em Mateus 6:26, "Observai atentamente as aves do céu, porque elas não semeiam nem ceifam, nem ajuntam em celeiros".

— Glória! — gritou a Sra. Waldrich.

Dylan tomou um tremendo susto e a bunda descolou da cadeira como uma fita adesiva molhada.

— Sim, irmãos, observai as aves, de forma atenta, pois elas são mensageiras do Senhor, observai e escutai como nunca fizeste antes!

A luz que entrava pelas janelas mudou bruscamente, o formato do feixe de luz pareceu esmaecer repentinamente e o pastor olhou com o canto dos olhos para a janela. Cliff mudou o tom de voz que ficou mais grave e sonoramente mais poderoso. Começou a berrar deliberadamente algumas frases soltas e expressões de poder como: "ouçam!", "Curvem-se!", "Façam!".

As pessoas, dentro do grande salão, gritavam e se agitavam em coro, o espectro de comportamento começava a mudar abruptamente e Dylan começava a ficar mais incomodado. O discurso seguiu até que uma das vidraças quebrou e lançou seus estilhaços na cabeça da Congregação, os olhos arregalados fitaram a figura que caiu no chão se debatendo bem no meio do salão. Lá estava ela, uma pobre criatura de Deus contorcendo-se enquanto encarava os olhos da inevitável morte.

— Observai as aves, meus irmãos, pois elas são mensageiras do Senhor!

A congregação vibrou como nunca, as pessoas se levantaram e foram até a ave que se contorcia de dor, o sangue respingava por entre os cacos de vidro no chão. Dylan logo pensou que aquilo era oportuno demais e realmente ficou surpreso com o ocorrido. Coincidência, pensou ele.

— Glória, pastor Cliff, glória para aquele que o Senhor vos fala!

As mulheres enlouqueciam e erguiam as bíblias sobre a cabeça enquanto fechavam os olhos e murmuravam e resmungavam cada vez mais e mais. Dylan só queria sair dali e enxugar o suor que escorria pela bunda. Ele precisava do seu canto escondido em meio a pilha de livros e guloseimas.

Na saída da igreja as pessoas continuaram a conversar e a se despedirem, o acontecido era o assunto do momento e as doações nunca haviam sido tão gordas. Cliff já deduzia que na semana seguinte o número de fiéis aumentaria consideravelmente e, claro, o espaço dentro da caixa de doações diminuiria.

Algumas garotas observavam Dylan, que se distanciava da sua família para olhar a beira da estrada, ele observava com as mãos nos bolsos chacoalhando as calças enquanto as garotas pensavam que ele estava sendo charmoso com o seu jeito entediado de andar, porém na verdade o único intuito de Dylan era descolar da bunda o tecido da calça de forma a cessar o incômodo.

O Sr. e a Sra. Waldrich abraçaram alguns colegas da Congregação e se dirigiram para o carro da família. O pai de Dylan exclamou por ele acenando com a mão, as garotas olharam para Dylan que correu enquanto desenroscava as mãos dos bolsos. Finalmente estavam indo embora.

Na estrada, a mãe de Dylan discutia com o pai sobre o acontecido, ela estava deslumbrada com as palavras do pastor Cliff. O Sr. Waldrich, no entanto, acenava com a cabeça enquanto escutava a matraca da mulher repetir praticamente todo o discurso do pastor Cliff. Enquanto isso, o carro seguia em uma velocidade moderada, a direção prudente do Sr. Waldrich era louvável e dentro dos limites de velocidade da rodovia.

A tagarelice continuava enquanto Dylan observava a paisagem passar pela janela. Dylan pediu para ligar o rádio na tentativa de sanar a tagarelice da mãe, o pai ligou o rádio e sintonizou na Skylar FM. O locutor vibrou enquanto anunciava a próxima canção com uma voz rouca e embalada: *"[...] e mais um oferecimento da Bailer, sua loja número um em munições e artigos para caça, lançamento desse verão caloroso, em junho de 1988, meus amigos, na voz de Stevie Nicks e nas melodias icônicas de Fleetwood Mac, deixo com vocês: Dreams[...]"*.

A mãe de Dylan enfiou a mão no botão do rádio enquanto continuava a falar para tentar abaixar o volume quando um ronco estremecedor passou por eles. O pai fez uma manobra de desvio e perdeu por alguns segundos o controle da direção, um v8 envenenado passou em uma velocidade tremenda, fazendo uma ultrapassagem descuidada e disparando no horizonte.

— Filho da *puta*!

— George! — A Sra. Waldrich o fitou com um olhar tão estremecedor quanto o ronco do motor do v8. — Olhe a língua, por favor, seu filho já é indisciplinado o suficiente.

Dylan olhou para o possante que sumia do campo de visão e se tornava um mero cisco no horizonte. Ele ficou entusiasmado com a velocidade do carro e sorriu como se estivesse vendo uma cena de uma página de história em quadrinhos.

Eles se recuperaram do susto e continuaram por mais alguns quilômetros. A Sra. Waldrich fazia um comentário, geralmente o padrão se repetia, reclamava sobre a irmã Diana e o seu jeito anacrônico de se vestir. Falava sempre como se a mulher tivesse vindo de Marte.

— Aquele Lucas Crane estava importunando o pastor Cliff após o culto, o que será que aquele moleque tem na cabeça? — A Sra. Waldrich olhou para George, como se ele tivesse as respostas.

— Não sei dizer, Rita. Não sei dizer.

— Estranho, parecia que ele estava pedindo dinheiro para o pastor, para variar...

Eles pararam em um conjunto de lojas na beira da estrada, após alguns quilômetros de conversas presunçosas. Dylan desceu do carro e observou as redondezas e o Sr. e a Sra. Waldrich foram para a loja de suprimentos, que ficava ao lado da loja do pastor Cliff. Uma placa mal pintada estava pendurada nas portas duplas com a inscrição: *"Em missão em nome do Senhor, volto logo"*.

Dylan se dirigiu à loja do Sr. Porter para conferir algum novo lançamento de livro ou quadrinho para incluir na sua coleção particular enquanto pegava a nova edição da Reader's Digest, a pedido da mãe.

A loja estava às moscas, o Sr. Porter logo saudou Dylan e contou sobre as novidades, já tinha separado também a revista da Sra. Waldrich, embalada em um envelope marrom escuro. Dylan foi até a bancada de quadrinhos que ficava de costas para a vitrine da loja, a visão era privilegiada para a rodovia e o estacionamento do conjunto comercial que abrigava algumas lojas. Ele começou a olhar os quadrinhos e folhear algumas versões de "*Treacher*", uma mistura de um professor louco que saía pela noite batendo em todo tipo de vagabundos e aliciadores de menores, um dos tipos pesados de quadrinho que Dylan evitava ser visto lendo pela mãe. Ele pensou que, provavelmente, seria melhor levar os quadrinhos de costume devido a companhia indesejada dos pais. Pegou um quadrinho novo da editora nova iorquina *Bloody's Marie* e pensou em seguir para o caixa quando se deu conta de que havia um carro parado na frente da vitrine. Um v8 preto com o capô infestado de pássaros, Dylan ficou curioso e observou as aves por um instante.

Do outro lado do conjunto comercial, um casal de jovens saía da loja de suprimentos com uma garrafa de whisky e um saco de salgadinhos. A garota de cabelos escuros tomava uma lata de refrigerante e andava pelo estacionamento fazendo alguns movimentos estranhos com os pés. O namorado vinha logo atrás em passos mais lentos, acendendo um cigarro com um isqueiro estilo Zippo.

Dylan continuava observando os pássaros sobre o capô do carro quando avistou a garota se aproximando com passos largos e teatrais, como se estivesse em uma quadra de esporte ensaiando uma jogada. A garota parou para beber um gole de refrigerante e notou que estava sendo observada. Ela virou a cabeça bruscamente para Dylan e fez uma careta engraçada, Dylan corou e voltou os olhares para a página da revista em quadrinhos. No entanto, sentiu que a garota dos cabelos escuros continuava a observá-lo.

Em uma tentativa de disfarçar, ele se virou e foi até a estante dos fundos e começou a olhar alguns livros, espiava por entre a estante enquanto folheava um ou outro livro. A garota entrou no carro e o namorado espaventou os pássaros. Os dois foram embora acompanhados do característico ronco de motor que Dylan ouvira mais cedo.

Entre a vergonhosa sensação de ser "pego no flagra" e a ardilosa técnica de se fazer desaparecer, surgia o sentimento claustrofóbico de ansiedade. Assemelhava-se como a ocasião em que Dylan quase foi pego tocando "umazinha" no quarto enquanto folheava empolgado algumas páginas de uma revista Hustler amassada achada no lixo do estacionamento.

A tosse incômoda chegou a despertar de leve, tossiu algumas vezes de forma inaudível para ele mesmo, em contrapartida, deu-se conta do livro que folheava à mão, *"Comunhão de aves"*.

Ok, isso já está ficando estranho, pensou Dylan. Que espécie de anedota era essa? Essa sucessão ininterrupta de coincidências?

Ele continuou folheando o livro e ficou um pouco curioso com alguns escritos, na verdade o livro não falava sobre aves, mas usava o comportamento e a aglomeração dos seres voadores como uma metáfora para explicar teoricamente certos delírios de massa. Dylan ficou extremamente surpreso, agora tinha um motivo coerente para comprar aquele livro.

O garoto saiu da loja do Sr. Porter com uma sacola carregada de alguns quadrinhos e um livro e a Reader's Digest para sua mãe. O Sr. e a Sra. Waldrich estavam no caixa conversando com a atendente, enquanto isso Dylan foi até o carro e sentou no capô para comer uma barra de chocolate.

— Dylan, você já tem dezesseis anos, já passou da época de se empoleirar nas coisas.

— George, deixe de ser implicante, o garoto mal pesa uma saca de café.

— Nisso concordamos, mas desça daí, Dylan. Vamos embora, sua mãe fez o favor de abrir nossa vida como um livro em menos de quinze minutos de compras.

— Como se a nossa vida fosse grande coisa, Sr. George Waldrich, desça daí, Dylan, mas que droga... escute seu pai! — A incoerência da mãe de Dylan o fazia franzir a testa e levantar as sobrancelhas como um arco-íris. Estar com os pais era um trem desastroso com um *timer* em contagem regressiva.

O garoto abriu a porta e sentou no banco traseiro esperando que a casa chegasse até ele, pois talvez não chegasse até a casa.

A janela do quarto de Dylan permitia que ele olhasse para a lua antes de dormir, o cansaço cobria seu corpo como um véu, agora estava onde mais queria estar, na sua base de operações, seu centro gravitacional. Ali as coisas faziam sentido, onde a realidade deixava de lado a fantasia de viver em um mundo onde não se queria estar.

Com a porta trancada do quarto, cogitou em agarrar aquela revistinha da Hustler e relaxar um pouco antes de dormir, porém olhou para a estante do quarto e viu aquela obra curiosa e lembrou da garota dos cabelos negros. Ficou pensando nela por um tempo antes de começar a bocejar, no entanto decidiu levantar e agarrar aquele livro encardido e com as orelhas amassadas.

O livro era peculiar e bem escrito. Carregava um vocabulário que muitas vezes o fazia recorrer ao dicionário em busca de algum entendimento, mas o interesse crescia a cada página virada. O garoto simplesmente estava em um *"orgasmo literário"*. Começou a pensar que já não olharia para a revistinha pornô com os mesmos olhos.

As páginas do livro estavam sendo consumidas como um cereal matinal, a cada parágrafo a mente clareava e Dylan se perguntava: "*como eu nunca li nada desse cara antes?*". Entre tantas obras e quadrinhos espalhados pela loja do Sr. Porter, esse era exatamente a que ele precisava ler. Ele estava desesperadamente ansioso para terminar o livro e ir atrás da seguinte obra do autor. Dylan virou a contracapa e percorreu a orelha do livro em busca de informações da figura responsável pelo livro, mas não encontrou nada relevante sobre o tal autor.

A manhã raiou pela janela de Dylan e ele acordou dando-se conta de que havia desmaiado com a peça de fascinação sobre o peito, faltavam apenas algumas páginas para acabar a obra, agora via de que precisaria recorrer urgentemente à loja do Sr. Porter em busca de informações sobre quaisquer outros livros que ele poderia ter do autor. Dylan levantou da cama em um salto, vestiu sua camiseta branca surrada e, após o rápido café da manhã, agarrou as chaves do carro do pai e se dirigiu até a loja do Sr. Porter.

Dylan chegou no conjunto comercial e estacionou o carro, algumas crianças brincavam no estacionamento e o pastor Cliff estava com elas apreciando a correria entusiasmada dos pequenos. Cliff notou Dylan e acenou com as mãos acompanhado de um sorriso amistoso, Dylan acenou em retorno e sorriu com o canto dos lábios. Antes de entrar na loja, Dylan levou um esbarrão repentino seguido de um olhar infernal, Lucas Crane. O arruaceiro passou por Dylan e seguiu em direção ao pastor Cliff, que levantou lentamente as mãos até o bolso traseiro da calça e retirou uma nota de dez dólares e deu para Lucas, como se estivesse pagando uma dívida contraída contra a própria vontade.

O sino de porta da loja do Sr. Porter soou de forma barulhenta, o que fez com que ele olhasse para a figura que entrava na loja, e Dylan entrou carregando debaixo dos braços o livro de capa encardida e orelhas meio amassadas.

— Bom dia, Sr. Porter.

— Bom dia, Dylan, vejo que caiu da cama. – O Sr. Porter apontou para o livro e fez um balançar de cabeça. – Algum problema com o livro?

— Não, na verdade eu praticamente já o li.

— Wow, essa foi rápida, garoto, no que posso ajudar?

— Eu queria saber se você tem outro livro deste autor.

— Tá, deixe-me ver essa peça.

O Sr. Porter agarrou os óculos de grau do bolso da camisa e olhou estendendo o braço, distanciando o livro da visão, como se os óculos fossem meros acessórios estéticos, e observou a capa do livro como se ele fosse um espécime a ser estudado. Olhou e virou para a contracapa umas duas vezes antes de soltar um "*hum*".

— Vamos dar uma olhada, acho que deve ter algum livro perdido por aqui do sujeito.

O Sr. Porter saiu de trás do balcão e caminhou até os fundos da loja, Dylan o acompanhou e observou cada detalhe das lombadas dos livros dispostos, ele esperou enquanto o Sr. Porter revirava alguns livros empoeirados e jogava outros no lixo.

— Traças de biblioteca são ótimas para os negócios, garoto, ótimas!

A poeira levantou na biblioteca até que o Sr. Porter saiu espaventando com as mãos o pó, carregava um livro na mão de capa dura alaranjada, um livro espesso. As laterais das páginas estavam amareladas e com algumas marcas persistentes de mofo.

— Achei que havia jogado fora, essa peça aqui não vendia. Acabou indo pra "sucata..."

— Quanto por ele, Sr. Porter?

— Não, garoto, esse livro nunca irá vender. Fique com ele como uma cortesia. Não temos um cartão fidelidade por aqui, não é? Mas certamente é um cliente que merece um agrado.

Dylan abriu um sorriso e pegou o livro, olhou a capa e bateu o pó que emanava dela.

O Sr. Porter se dirigiu novamente ao balcão enquanto guardava os óculos no bolso da camisa, Dylan o acompanhou, Porter fez questão de esboçar um sorriso amarelado de nicotina antes de se despedir do garoto:

— Bom, então aí está, mais um punhado de páginas para você se entreter, mas acho que não tenho mais nada do tipo aqui, a editora Edge faliu em 1978, se bem me recordo, e esse livro foi publicado em 76...

— Obrigado, Sr. Porter, você sabe o que quer dizer o "L."

O Sr. Porter estendeu a mão e pegou o livro de Dylan para olhar melhor, revirou as primeiras páginas editoriais e respondeu:

— L de Leslie, Leslie Maud... isso que quer dizer "L. Maud".

IV - CORALINA

As velas estavam acesas na sala de estar, o jantar havia sido servido uma hora antes e as meninas estavam sentadas na sala no grande sofá branco. Lizzy havia tomado um banho no banheiro do térreo do casarão, a Sra. Pauline havia lhe oferecido assistência para que ela pudesse executar a tarefa em razão da perna quebrada, porém ela recusou em nome da sua privacidade. Apesar de ser uma garota descontraída, preferia manter as roupas no corpo quando havia alguém por perto.

Após a difícil tarefa, a Sra. Pauline lhe fez a gentileza de moldar um gesso improvisado no pé quebrado de Lizzy, com o intuito de facilitar as coisas. A escultura de gesso se estabeleceu e secou rapidamente na perna quebrada e ela trocou os trapos molhados que agarravam a tala por uma bela obra de arte improvisada pelas hábeis mãos da solícita Sra. Pauline.

Após o jantar, todos estavam reunidos na sala de estar, com exceção de Jeanine e os empregados, a esposa do Sr. Maud permaneceu nos seus aposentos devido a um mal-estar que ele mencionara anteriormente a Lizzy. A Sra. Pauline foi até a sala e advertiu a todos que haveria uma surpresa especial.

— Ok, Eleanor. Me conte um pouco sobre o que está lendo... — disse Maud.

— É um livro bobo de romance, porém é muito agradável, reúne alguns contos de amor. Alguns são trágicos, infelizmente.

— Hum, a tragédia é uma travessia, minha querida.

Lizzy estava sentada em uma poltrona solitária na lateral do sofá maior, as muletas faziam companhia encostadas no móvel enquanto ela observava a conversa entre Maud e a filha Eleanor. Joan, por outro lado, estava com fones de ouvido e um toca-fitas, chacoalhava a cabeça enquanto lia um livro espesso que se assemelhava a uma enciclopédia.

A sala estava repleta de livros nas prateleiras que circundavam o local, Lizzy observou os livros e os quadros que estavam dispostos, Maud olhou para ela e deu um leve sorriso quase que imperceptível. O pé direito da garota começou a palpitar inquietante no tapete felpudo sob os pés, o que fez com que o Maud percebesse a ansiedade de Lizzy.

— Elizabeth.

— Sim, Sr. Maud?

— Vi que é uma jogadora de hockey, achei interessante o fato de arrastar com você alguns de seus troféus.

— Sim... jogo há alguns anos. Na verdade, estava levando os troféus para casa dos meus pais, temos uma estante de troféus lá.

— Não se preocupe, vou garantir que você e os troféus cheguem lá.

Eleanor repousou o livro sobre o colo e observou atentamente a conversa à espera de uma brecha para que pudesse participar do diálogo, no entanto resolveu levantar e guardar o livro na estante e sentou novamente com as pernas cruzadas e o corpo curvado para frente.

— [...] quero dizer, na verdade, que, quando estamos na época de colheita, o número de empregados inevitavelmente sobe e os arredores se tornam mais movimentados — disse Maud.

— Eu posso imaginar, a casa é calorosa, consigo imaginar a correria.

Joan deu algumas entreolhadas entre o livro espesso e a conversa, espiava de vez em quando e levava os dedos sutilmente ao botão do toca-fitas portátil para diminuir e aumentar o volume de acordo com o interesse.

— Elizabeth, qual a sua idade, se me permite perguntar? — perguntou Eleanor.

— Farei vinte anos. Em dois meses, na verdade, e você?

— Ah, seu aniversário está pertíssimo! Eu tenho doze anos.

— Nossa, você realmente parece ser mais velha.

Maud olhou para Eleanor e deu um sorriso que foi retribuído na mesma hora. Joan retirou os fones de ouvido e desligou o toca-fitas no mesmo instante, Lizzy notou a disponibilidade dela e tentou incluí-la na conversa:

— O que está lendo?

— Baltazar.

— É o nome do autor?

— Não, é o título da obra mesmo. Como Drácula, sabe?

— Ah, entendi!

Alguns sons de passos no assoalho do primeiro andar atraíram a atenção de Maud, que olhou para teto em paralelo à conversa na sala de estar.

— É fantástico, tem um drama nefasto envolto em um prédio dos anos trinta, acho que você iria gostar.

— Provavelmente, Joan.

Os sons de pezinhos calçando sapatos continuaram no andar de cima, Maud abriu um sorriso gostoso que foi notado por Lizzy.

— Leia um trecho dele para nós, Joan, amo quando você lê em voz alta. — Eleanor abriu um enorme sorriso e apoiou o queixo na palma da mão enquanto pedia à irmã, o cotovelo se apoiou na perna cruzada como um pedestal.

— *Okay*, *okay*, faço o esforço, já que temos a Elizabeth com a gente.

— Não se incomode comigo, posso fingir ser uma estátua se você quiser. — Lizzy estendeu os braços em uma pose de estátua e ficou parada por uns segundos. — Viu só?

Eleanor soltou uma gargalhada e olhou para ela como se fossem melhores amigas.

— Tá bom, senhorita estátua. Vamos lá então.

O som dos pezinhos tomou uma forma diferente, a sonoridade de saltos batendo no assoalho se apresentou ligeiramente e logo cessou.

— "Sim, o rosto dela jazia iluminado e as madeixas loiras reluziam à luz como se fossem pequenos holofotes que se projetam de uma noite açucarada na Broadway. A figura de um cão lambendo os dedos ensanguentados criava um contraste com a beleza dela e as pupilas dilatadas criavam um contorno ainda mais sombrio no sorriso desleixado que acalentava a visão de Baltazar [...].

— Meu deus, Joan.

— O que foi, Eleanor? Calma, nem cheguei na parte boa.

Lizzy olhou para Joan e riu, Maud olhou para a cena e também sorriu. Estavam se divertindo, e Maud notou que a ansiedade de Lizzy parecia diminuir, assim como o inquietante pé no tapete.

— "[...] os lábios secos e rachados começavam a sangrar, Baltazar olhava a cena sentado do outro lado da sala, a poltrona estava com os fios do braço esfarrapados e com manchas de bolor".

Maud folheava uma revista, o som dos pezinhos não deu mais notícias e ele havia parado de fiscalizar o que acontecia no andar superior com os ouvidos.

A Sra. Pauline passou pelo corredor da sala e ele perguntou onde estava a surpresa da noite, mas ela disse que deveriam esperar um pouco mais e que, principalmente as garotas, iriam gostar.

— Senhor Cristo, esse livro é assombroso, Joan! — disse Eleanor.

— Do jeito que eu gosto, Leo! — Riu.

— Não é o tipo de coisa que estou acostumada a ler, confesso, mas gostei do que ouvi até agora, continue! — Lizzy incitava Joan a continuar, as três começavam a se enturmar.

— "[...] Baltazar levantou na cadeira e deslizou a mão pelo encosto do sofá até pegar uma bainha que aconchegava uma faca de caça...

Joan de repente parou de ler e ficou quieta por alguns segundos, em seguida fechou o livro e olhou para cima. Os passos começaram novamente e Eleanor se juntou a ela na vigília. Maud, por outro lado, olhou e sorriu, em seguida olhou para as meninas, o que fez com que elas se ajeitassem no sofá, com exceção de Lizzy.

O som dos saltos continuou em direção à escada, passos leves que se distanciavam e desciam os degraus de maneira quase que carinhosa.

Lizzy olhou aflita para o corredor esperando a figura que descia, imaginou que seria a Sra. Maud e a ansiedade voltou a permear seus pés inquietos novamente. Em um instante, o tempo pareceu parar e a figura da Sra. Maud pareceu cruzar o corredor em câmera lenta, Lizzy olhou para a mulher e começou a pensar que não deveria chamá-la de "senhora" de modo algum. A "senhora" andou na direção da sala de estar como se estivesse pisando levemente em nuvens de algodão, as pernas torneadas se colocavam uma à frente da outra e o cabelo balançava com a brisa que entrava pelas janelas.

"É a mulher mais linda que já vi, sem dúvidas", Pensou Lizzy.

A "Sra" Maud era estonteante, apesar de algumas marcas de idade mostrarem que provavelmente já tinha passado dos quarenta. Os cabelos longos e ruivos lembravam os corais vermelhos que Lizzy conheceu no verão passado, os olhos verde-água pareciam sair de alguma fonte.

— Olá, querida, finalmente está acordada.

Lizzy quase derreteu quando escutou o som da voz da Sra. Maud, abriu a boca e disse a única coisa que não gostaria de dizer:

— Olá, senhora.

— Senhora? Ah, por favor, me chame de Jeanine. Não sou tão velha assim. Não é mesmo, Leslie?

Maud levantou da poltrona com um sorriso apaixonado, agarrou com uma mão a cintura de Jeanine e a beijou. O beijo seguiu com um abraço carinhoso, os seios fartos da mulher se chocaram com o peito de Maud de forma hipnotizante.

— Como está se sentindo, querida? Desculpe, primeiramente quero pedir desculpas pela minha ausência, minha indisposição não deveria se sobrepor aos meus modos. Pois bem, me chame de Jeanine, querida. Não aceito menos que isso.

— Tudo bem, não se preocupe com isso. Estou bem, obrigada por tudo, mesmo!

Maud se sentou na poltrona e Jeanine se juntou às garotas no sofá maior, as meninas se mantiveram com uma nova postura, agora que a mãe estava na sala.

— O que estavam lendo? Joan, minha querida, não pude deixar de ouvir, sua voz estava naquela entonação discursiva magnífica.

— Baltazar, mamãe.

— Ah, incrivelmente sombrio e poético, me recordo do seu pai lendo a desfigurada obra de Frankenstein logo quando nos conhecemos, você me lembra ele quando o conheci.

— E graças à sua mãe, fui salvo de ter que continuar lendo aquele livro, meu Deus, eu odiava carregar aquele troço. Porém, eu queria impressionar ela a todo custo.

Os dois pareciam ser perdidamente apaixonados, Lizzy se sentiu como em um sonho americano, um casal perfeito e duas filhas maravilhosamente lindas e educadas.

A pele branca de Jeanine reluzia com a luz da luminária pendurada na parede, as sardas nas bochechas pareciam pequenas fontes de ferrugem e os lábios delicados descolavam um do outro quando ela falava. Até mesmo a sua dicção era doce e quase britânica. O vestido branco contornava as pernas e, enquanto Jeanine gesticulava em uma forma argumentativa, cruzou elas levemente para se estabelecer no sofá.

— Elizabeth, minha querida, pelo que bem sei você é uma atleta, deve ser horrível estar dependendo dessas muletas para andar por aí.

— Já estou pegando o jeito, na verdade, não é muito diferente de usar um taco de hockey.

— É um modo de pensar, isso me faz lembrar... Leslie, como era o nome daquele seu paciente, aquele calvo de alguns anos atrás?

— Bill?

— Isso, Bill — Jeanine falava sensualmente e o modo como suas sobrancelhas semicerravam de forma articulada a tornava extremamente convincente e interessante. — Bill alguma coisa, a verdade é que esse tal Bill foi paciente do Leslie há uns dois anos, se me recordo, uma figura completa, sofria de tricotilomania...

— Trico... o quê? — Lizzy não esperava ouvir o trava-língua repentino, pelo menos pareceu um.

— Tricotilomania — Maud respondeu imediatamente. — Trata-se na verdade de um distúrbio que causa impulsos praticamente incontroláveis e que faz com que o indivíduo arranque fios de cabelo ou pelos do corpo. Era um caso bem complexo o de Bill.

— Ele arrancava os cabelos então?

Jeanine deu um leve risinho ao escutar a pergunta de Lizzy.

— Não necessariamente, na verdade o sujeito por si só era um tipo bem estranho, porém bem... ele arrancava compulsoriamente os pelos. — Jeanine fez um gesto e apontou para as partes baixas. — Lá embaixo, se é que me entende.

— Meu deus...

— Sim, ele não era calvo pela tricotilomania, a calvície era natural da idade, mas o fato de ele não tirar as mãos de dentro das calças gerava muitos problemas de socialização para ele, pobre sujeito — disse Maud.

— Posso imaginar, mas o que isso tem a ver com as muletas?

Maud deu risada e olhou para Jeanine, que riu de volta.

— Bom, ele era paciente de Leslie, vinha fazendo uma terapia para tratar o caso. Apesar do distúrbio, ele tinha uma namorada bem mais nova que ele. Um belo dia o sujeito apareceu no consultório de Leslie com o pé quebrado, uma queda na pista de gelo.

— Ah, ele jogava hockey?

— Não, querida, antes fosse, ele caiu quando patinava com a "namorada". Mas o que realmente nos lembra essa situação...

— Eu não lembrava disso, Jeanine. — Maud riu como uma criança até sair lágrimas, Jeanine, por outro lado, olhou com um sorriso e continuou a contar:

— Continuando. O sujeito estava com o pé quebrado e um par de muletas, assim como você. O engraçado da história é que Bill era um dos casos mais complicados de Leslie, até mesmo durante a consulta, Leslie contava na época, que o sujeito se esforçava ao máximo, mas era inevitável que ele colocasse as mãos dentro da calça. No entanto, Bill dependeria de se locomover com aquele par de muletas. A anedota aqui é a seguinte: Bill tinha que se locomover com as muletas, manter as duas mãos ocupadas e longe das calças para poder perambular por aí.

— Entendi, as muletas ajudaram na terapia e ele se recuperou, certo?

— Sim, querida, só que na verdade ele se recuperou devido a uma queda enquanto andava de muletas. Ele não se conteve, colocou as mãos dentro da calça para aliviar o impulso, se desequilibrou e caiu batendo a cabeça. Depois de se recuperar ele mal lembrava que tinha esse distúrbio, simplesmente o problema desapareceu, graças ao próprio distúrbio que causou a queda...

Todos riram na sala, Lizzy olhou a "Sra" Jeanine e começava a entender o motivo do olhar bobo que Maud nutria pela esposa.

A Sra. Pauline apareceu na sala com mais uma empregada trazendo a agradável surpresa da noite, uma bandeja com várias sobremesas à base de gelatina. Os olhos das garotas brilhavam. Todos se serviram e começaram a se deliciar com a sobremesa surpresa da Sra. Pauline. A gelatina era colorida e alegre, Eleanor e Joan se deliciavam enquanto Maud contava mais algumas boas histórias. Lizzy se encantou com o doce e ousou pedir mais uma tigela da sobremesa, mas preferiu manter os modos e achou que fosse deselegante naquele momento pedir algo mais.

— Paul, você realmente sabe como deixar a noite mais agradável —disse Joan.

— Sim, Paul, valeu a pena e-e-esp…

— Leslie, Leslie? — Jeanine chamou a atenção do marido e apontou para Eleanor.

Eleanor estava paralisada, em um estado quase catatônico enquanto segurava a colher. Os olhos estavam imóveis e as pálpebras não se atreviam a descer, um caminho começou a se formar saindo da cavidade nasal de Eleanor, um rastro de sangue desceu.

— Leslie?!

Maud olhou para a colher de sobremesa e a tigela que Eleanor segurava nas mãos e deu um tapa na colher que voou para o outro lado da sala. Ele segurou nos braços de Eleanor e começou a chamar por ela, estalou os dedos algumas vezes nos dois ouvidos, mas nada. Com muito custo, Eleanor voltou a si e Maud limpou o sangue que escorria do nariz.

— Leslie, a gelatina, Leslie, ai meu Deus, leve a menina para cima.

— Jeanine, como eu iria saber? — disse Maud.

— Você saberia se fosse mais competente no papel de pai, Leslie. Você realmente torna as coisas difíceis.

Maud olhou para Jeanine e foi até ela.

— Não me toque, estou com enxaqueca novamente, obrigada, Leslie, eu não entendo o porquê de tanta dificuldade em manter as coisas estáveis nessa casa, você continua imprestável.

Jeanine levantou com as mãos na cabeça e uma cara de tristeza misturada com insatisfação. Lizzy observou e achou a reação um pouco exagerada, deduziu que o sangramento era nada mais que uma reação alérgica e que Jeanine estava sendo dramática demais. Jeanine olhou para Lizzy com um olhar ainda mais dramático:

— Desculpe, Alice, sinto muito por você ter que participar disso, eu vou para o meu quarto, querida.

— É Elizabeth, Sra. Jeanine, meu nome...

— Ah, me perdoe, querida, me perdoe, mas meu marido acaba me causando esses devaneios repentinos... se me permite, vou me retirar. — Jeanine balançou a mão esquerda na lateral da cabeça enquanto falava.

Maud pegou a filha no colo e a levou para o quarto, antes aconselhou Lizzy a tomar outro comprimido para a dor e deixou a tarefa de conduzir a convidada aos aposentos para a Joan e a Sra. Pauline.

De volta ao quarto, Lizzy deitou a cabeça no travesseiro. As costelas ainda doíam um pouco, mas os comprimidos tinham um efeito rápido e duradouro e começavam a aliviar as dores. Ela estendeu os pés e apoiou a perna com a tala em um outro travesseiro preparado pela Sra. Pauline.

Os pensamentos e a preocupação retornaram, perguntou-se se o companheiro estaria deitado em uma cama de hospital olhando para o teto, como ela. O sono veio tão rápido quanto o alívio muscular, os olhos fecharam e ela finalmente dormiu, à base de comprimidos.

V
QUIMERA

A sensação de repetição era constrangedora e estranhamente lúcida, estar ali novamente no mesmo cenário e com a mesma sensação claustrofóbica de uma ansiedade em ignição era angustiante. No entanto, era agradável a fotografia desse universo particular que só ela tinha acesso, o nível mais baixo de sua angústia tinha especificações de um cenário que estabelecia um padrão a ser seguido inúmeras e repetidas vezes. Elizabeth sonhava em preto e branco.

Quando Lizzy deitava a cabeça no travesseiro, a velha preocupação do que viria a seguir surgia, um sonho repetitivo rolava como uma fita cassete velha que era rebobinada durante o dia, ou por alguns dias, e que retornava em forma de película de segunda linha, com direito a faixas e interferências na tela.

A mesma estrada de terra solitária em meio a vastos campos elísios, poucas árvores respingando sobre a beira da estrada enquanto ela caminhava com os pés descalços. A fotografia em preto e branco dominava a sua visão, não saberia dizer o porquê de as cores se ausentarem sempre que fechava os olhos e atravessava para essa realidade onírica. Os pés estavam quentes, o caminhar sobre a terra era agradável e ela podia sentir leves pontadas que os massageavam. Pequenas pedras e formações com aglomerados de terra se desmanchavam a cada passada em um caminhar lento que pisoteava e criava pegadas ao longo da estrada. Continuou caminhando e pisoteando a terra esperando seu velho companheiro aparecer na escuridão, o cavalo branco e pálido, sua eterna montaria.

Um cheiro de queimado começou a pairar junto à névoa na beira da estrada de terra e a escuridão à frente de Lizzy funcionava como um aglomerado de cortinas que a impossibilitava de ver o horizonte. Cada novo passo era uma descoberta do que poderia vir a ser. Apesar do sonho se repetir constantemente, aquela sensação de ansiedade ainda dominava o seu ser e a embalava como um sino de igreja. Ela caminhou por alguns minutos até começar a ouvir o som dos cascos baterem no chão, um atrás do outro, e o relinchar anunciou a chegada do seu velho amigo.

O alazão branco se projetou para fora da escuridão, sua pelagem branca reluzia como um tapete perolado em meio a luz de uma sala de estar. Ele veio em sua direção e a cumprimentou como se os dois já se conhecessem. Ela pegou as rédeas e subiu, seguindo em frente, agora montada. Percorreu a longa e interminável estrada à espera de chegar em algum lugar. O cavalo trotou por todo o caminho, como se estivesse em um desfile de algum campeonato equestre. Lizzy agarrava as rédeas e seguia pelo caminho em busca de um incerto destino, apesar de saber que aquela realidade nunca a deixava chegar no fim da estrada, pois sempre acordava. Ela agarrou forte as rédeas e tentou remanejar o cavalo para fora da estrada, porém o cavalo pareceu não responder às puxadas.

Os trotes seguiram enquanto a névoa pairava baixa no chão, o que dava a impressão a Lizzy que as beiradas da estrada estavam forradas com gelo seco, como aquele baile brega de ensino médio em que foi submetida. O alazão avançou por cerca de um quilômetro até começar a galopar e trocar o trote por um compasso de velocidade preocupante, ela segurou mais forte nas rédeas enquanto o cavalo disparava em meio à escuridão rumo ao nada. O seu quadril chacoalhava e pulava sobre as costas do cavalo, sem sela ou pelego separando seus corpos, ela sentia a pulsação dos músculos e as fibras do cavalo repuxando com mais intensidade na medida que a tração evoluía rapidamente.

A velocidade cresceu, o coração apertou e o cavalo pareceu um torpedo disparado por um submarino. Ela tentou puxar as rédeas e fazer com que o cavalo diminuísse o passo, mas quando olhou para as mãos as rédeas haviam desaparecido. Ela quase caiu ao tentar segurar no pescoço do alazão e cravou os dedos por entre as fibras maciças de músculos que adornavam o pescoço do animal.

Ela esperou acordar, essa era a hora em que deveria acordar. Nunca chegava a lugar algum e o momento de "perder as rédeas" era o sinal de que o sonho estava no fim, mas dessa vez havia algo diferente. O cavalo continuou e seguiu relinchando pelo caminho até frear bruscamente, os cascos derraparam na terra e Lizzy foi lançada para frente. Ela caiu e rolou alguns metros. Levantou e não estava machucada, o cavalo veio devagar até Lizzy e parou cerca de um metro e meio de distância. Ela foi em direção do cavalo enquanto ele avançou um pouco mais e parou, relinchou e a garota viu formar no ar um embaçado de vapor, o mesmo que se forma quando alguém respira perto de um espelho. Ela chegou mais perto e tentou tocar no cavalo, mas sua mão bateu em uma espécie de vidro, ela tateou por toda a estrutura enquanto o cavalo jazia agitado do outro lado. Continuou a buscar por uma abertura, empurrou e circundou a área que agora havia virado um quadrado de vidro.

O cavalo virou as costas e foi embora lentamente, sumiu na escuridão enquanto ela se via presa no quadrado de vidro. Tentou procurar o fim do quadrado erguendo as mãos para cima, porém se deu conta de que havia um teto de vidro. Tateou e sentiu que ele descia lentamente como se estivesse pronto para prensar o corpo de Lizzy como uma panqueca no chão. O teto continuou avançando e o desespero tomou conta de toda a sua respiração, o suor encharcou as suas roupas e as paredes agora ficavam embaçadas enquanto avançavam em direção de seu corpo.

Ela acordou subitamente coberta de suor e desespero. Olhou para os arredores e se viu no quarto de hóspedes da família Maud. As peças de porcelana projetando-se do móvel e a encarando com as faces de algumas estatuetas. Ela respirou por um tempo até se acalmar, o som da sua respiração ofegante dominava o quarto, no entanto quando cessou deu lugar a um outro som curioso. O som de algo cavocando um pedaço de madeira dominou o breve silêncio que ela fez para prestar atenção e determinar de onde estava vindo o som. Olhou para o lençol e viu que algo se mexia por debaixo. Ela levou a mão direita ao lençol lentamente enquanto um tufo se movia, puxou o lençol e sentiu um cheiro horroroso e inconscientemente levou as duas mãos ao rosto, tapando a boca e o nariz. Olhou pela escuridão e percebeu que alguns ratos pretos cavocavam e comiam filetes de carne por entre o buraco roído do gesso. Lizzy gritou enquanto abria a boca em desespero e horror, um grito mudo.

Ela acordou subitamente coberta de horror e desespero, molhada de suor e ofegante. Puxou o lençol novamente e encontrou o gesso intacto e as figuras de porcelana a fitando novamente do móvel à frente. Deitou a cabeça no travesseiro e soltou um suspiro, aliviada enquanto apagava novamente.

VI
TABULA RASA

— Era rasa, não?

— Como?

— A lagoa que a sua prima pulou naquelas férias.

— Ah, não me lembro. Eu lembro é do trágico som que ela fez quando bateu a cara na água. Parecia um concreto sendo espatifado.

— *Puta merda*. Ela se machucou muito?

— Nadinha, na verdade levantou rindo feito um porco. Aquela coisinha miúda é maluca.

— *Caraca*, que *merda*. Mas naquela época eu lembro que ela era linda, tentei algo, mas não tive sucesso.

— Ela era caidinha por aquele babaca, como era o nome dele mesmo?

— Trevor alguma coisa.

— Isso! Era um completo idiota.

— Total.

As botas bateram no chão enquanto conversavam, William abriu uma fresta na persiana e bateu a ponta do cigarro deixando as cinzas cair para fora.

— Tá, qual a ideia agora?

— Vamos jogar uma partida... pôquer de três cartas?

— Quem perder busca a comida.

— Fechado.

Thomas começou a embaralhar as cartas e as distribuiu logo em seguida. William abriu a gaveta do escritório e puxou um cinzeiro de dentro. Thomas abriu a sua gaveta em contrapartida e tirou um maço de cigarros da Lucky Strike e bateu com ele na mão, umas duas vezes até o bastão branco apontar para fora da embalagem. Acendeu o cigarro com um isqueiro velho e o fechou.

— Do décimo quarto, certo? O isqueiro.

— Décimo sexto.

— Claro, tinha de ser. Quem comandava o regimento?

— Capitão Douglas.

— Cara, não era aquele da boca torta?

— O último que fez essa piada ficou com a boca torta, literalmente. Mas sim, era o da boca torta… "dispinsãdus sius virmis"

— Cara, que *merda*. Eu não iria me segurar.

— Eu não me aguentava.

William pegou o isqueiro de Thomas e acendeu outro cigarro, parou um instante e observou o isqueiro. Uma águia segurava uma bandeira dos Estados Unidos, clássico clichê americano. Thomas não era um patriota, mas sorriu mesmo assim.

— Eles davam esses, não?

— Na verdade eu ganhei em uma aposta…

— Qual era a aposta?

— Transar com a Melissa Atkins.

— Você transou com a soldado Atkins?

— Não, mas acharam que eu merecia depois da surra que eu levei dela.

— Cara, ela era gostosa, mas gostava de peitos tanto quanto o resto do regimento.

— Nisso concordamos.

A porta da frente abriu e um homem entrou, um velho grisalho com uma sacola nas mãos.

— Aqui não é a loja de tabacos?

— Não, senhor, aqui não é a loja de tabacos… siga até o final da rua e vire à direita depois da lanchonete dos Hendersons.

O velho saiu e bateu a porta sem agradecer, Thomas fitou William com um risinho e logo mostrou as cartas.

— Ah, *straight... merda.*

— Hambúrguer, batatas e frango.

— Molho?

— Barbecue. claro.

William pegou as chaves do carro e saiu batendo as botas na soleira, como se estivesse entrando em casa. Thomas acendeu outro cigarro e abriu uma revista velha que estava jogada no cesto na sala de espera. Escutou o som do motor do carro ligar e sair lentamente do estacionamento.

A lanchonete estava vazia, Thomas chegou e foi atendido por uma garota de uns dezessete anos que mascava um chiclete e fazia bolas de ar enquanto folheava uma revista da National Geographic. A garota olhou para Thomas e ofereceu o cardápio enquanto sacava uma caneta da camisa.

— Você não é o filho da Sra. Mitchel?

— Han, sou. Não sabia que eu era popular.

A garota deu um leve risinho e olhou para o relógio na parede atrás dela

— Ok, já sabe o que vai querer?

William olhou para a garota com um olhar de desgosto. Ela olhou de volta e fez uma careta de volta.

— Tá bom, soldado, perguntei por educação. Mas, como sempre, temos burburinho na cidade quando um de vocês volta do quartel.

— Burburinho?

— Ah, não se faça de mané. Sabe como esse povo adora uma fofoca.

— Eu já havia me esquecido, acho que ninguém espera que a gente volte depois de servir.

— É, voltar para esse *cú* de mundo me deixa mais perplexa do que qualquer outra coisa. Minto! O que me deixa perplexa é vocês irem trabalhar para o Sr. Griffin.

— Era isso ou trabalhar carregando feno para o Sr. Aldrich.

— Tá, entendi. Bom, pelo menos você não ficou biruta.

— Biruta?

— É, maluco, com um parafuso a menos, lelé da cuca. Sabe? Maluquinho?

— Eu sei o que biruta quer dizer, não entendi o porquê.

— Bom, dizem que o Michael, sabe? O Michael filho dos Abbey?

— Sim, eu sei.

— Dizem por aí que o cara tá completamente pirado. Semana passada o encontraram sem roupa perto do cemitério.

— Totalmente pelado?

— Na verdade disseram que ele estava só de cueca resmungando por entre as lápides. Ele não serviu com vocês?

— Não, ele voltou um ano antes pelo que eu saiba, ele não estava no nosso regimento.

— Bom, mas ele tá pirado.

— Alguns não lidam muito bem com o retorno pra casa.

— Já decidiu?

— Ah, duas porções pequenas de batatas, dois x-burguers e uma porção de frango frito. Pra levar.

— *Okay*, em dez minutos fica pronto.

William resolveu sair para o estacionamento e fumar um cigarro. Enquanto estava ali, tragando o cigarro, olhou para a torre da igrejinha da cidade e pensou se algum dia tivera encontrado com o filho dos Abbey no quartel. Lembrou de tê-lo visto uma única vez cavando latrinas enquanto Thomas e ele saíam para uma patrulha no deserto. Entretanto, William não conseguiu recordar se tivera visto o filho dos Abbey em algo relevante naquele segundo ano de serviço no exército.

Um carro passou lentamente na rua com os faróis apagados, William observou e apagou o cigarro na calçada do estacionamento. O carro virou a esquina e deu uma volta na quadra. William entrou na lanchonete e pagou a comida com uma nota de vinte dólares.

Thomas estava deitado no sofá da sala de espera lendo uma revista quando o telefone tocou. Uma mulher perguntou pelo Sr. Griffin e Thomas lhe disse que ele não estava, ela pediu para que ele retornasse com urgência e deixou o número de telefone. Thomas tomou nota e colocou o bilhete na mesa do Sr. Griffin.

Os dois comeram enquanto contavam histórias e lembravam de acontecimentos durante a patrulha em Kandahar, alguns dos melhores anos eles diriam. Confabularam sobre o próximo trabalho que o Sr. Griffin os daria e apostaram que provavelmente seria para reaver algum pertence de família perdido, ou pior, investigar o paradeiro de algum marido desaparecido, viajarem trezentos quilômetros comendo comida de estrada só para descobrir que o safado arrumou outra mulher e largou os filhos.

— Droga, perdemos a hora. Vamos fechar tudo e cair fora.

— Alguma novidade enquanto eu saí?

— Uma mulher ligou, queria falar com o Bob.

— Quando ele volta, afinal?

O som de um carro estacionando na frente do escritório desviou a atenção dos dois, os faróis brilharam pela janela e William desviou o olhar no mesmo instante.

— Acho que isso responde sua pergunta.

A porta abriu e o Sr. Griffin entrou com uma cara de abatido, cumprimentou os dois e sentou na poltrona da sua sala.

— Bob.

— Sim, Thomas?

— Uma mulher ligou, não quis dizer quem era, mas disse que era urgente. Deixei o número na sua mesa.

— Ok. Alguma novidade fora isso?

— Nada demais. Sem boas notícias por hoje.

— Tudo bem, podem ir. Eu fecho o escritório.

Os dois saíram do escritório. William se despediu do amigo e entrou no carro, mas não saiu de imediato. Ele resolveu ajustar o rádio e ver se encontrava algo agradável para escutar na sua breve viagem à casa. Uma estação de rádio em particular chamou sua atenção, um anúncio sobre o alistamento anual ecoava de forma vibrante e convidativa. A voz no rádio dizia algo sobre um excepcionalíssimo pátrio que dependia da juventude, esse excepcionalismo americano estava nas mãos dos jovens que deveriam se alistar e ingressar nas forças armadas o quanto antes para provarem seu valor. O valor de seu país. Era sobre ser forte e corajoso ao ingressar na nova família e vestir o "verde". Era sobre fazer parte de algo maior do que você mesmo. Era sobre uma bobagem e uma perda de tempo, pensou William.

William agarrou uma fita cassete no porta luvas e enfiou no toca--fitas do carro, a fita foi sugada pelo aparelho e começou a tocar um hit do Led Zeppelin. Ele não identificou que música era até o refrão. Quando a identificou, recordou que ela tocara uma vez em um jipe que estava estacionado perto da clareira de treinamento no primeiro ano de serviço. Sim, a música era Tangerine, ela tocara naquele lamacento campo de treinamento, o Sargento da infantaria os fizera cantar enquanto marchavam morro acima. Thomas pensou novamente que aqueles tempos de lama na cueca jamais voltariam.

Ele seguiu pela avenida principal por um tempo até resolver parar novamente na lanchonete e pegar algo para comer mais tarde. Virou à direita e passou por uma viela que dava acesso em uma rua paralela à rua da lanchonete. A fita continuou tocando embalando a fumaça do cigarro aceso, William sacudia as cinzas para fora da janela entre uma tragada e outra. Ouvia sorridente a fita cassete que copiara de um colega do regimento.

Uma luz vermelha e azul refletia na parede de um armazém de esquina com a rua da lanchonete. William se aproximou lentamente com o carro e dobrou a esquina. Algumas viaturas estavam posicionadas com o giroflex ligado, os policiais estavam aglomerados em volta da entrada da lanchonete e um carro estava estacionado com a porta do motorista escancarada. William se aproximou devagar e parou o carro. Um policial foi até ele e pediu para tirar o carro da rua. Uma ambulância apareceu soando a sirene desesperadamente e parou no meio da rua. A vidraça da lanchonete que dava de frente para a rua estava estilhaçada e os cacos de vidro espalhados nos carros do estacionamento.

William saiu do carro e uma nova música começou a tocar no toca-fitas, desta vez uma lenta, uma balada clássica temperada com alguns arpegios envoltos em melancolia.

— Isso é um horror. — Uma mulher tapava a boca ao lado de William. — Que Deus a tenha.

—Você sabe o que aconteceu aqui?

— A mocinha da lanchonete foi morta a tiros. Parece que algum desvairado saiu atirando contra os clientes da lanchonete.

William se aproximou do local e um policial o interrompeu erguendo as mãos e pedindo para ele se afastar.

— Precisamos de espaço aqui, amigo, temos uma vítima gravemente ferida aqui.

— O que aconteceu?

— Três mortos e alguns feridos, algum idiota fez o favor de colocar uma 1911 na mão de um filho da *puta*. Uma senhora que passeava com o cachorro levou um tiro de dentro da lanchonete, pobre coitada.

— E o agressor?

— Desculpa, quem é você, meu chapa?

— William Bonham, investigador particular.

— Você não é um daqueles desgraçados do canal 8 né?

— Pela minha sorte, não.

— Conhecia a garota da lanchonete? Parece que ela foi a primeira. Nós apagamos o babaca antes que ele fizesse maiores estragos aqui.

— Bem, na verdade não. Já sabem quem é o atirador?

Um paramédico saiu de dentro da lanchonete e fez um sinal com as mãos em negativo, uma expressão de fracasso acompanhava a silhueta do seu rosto.

— Ainda não, não tinha nenhum documento.

William andou à direção da lanchonete. O policial desviou sua atenção para um grupo de pessoas que estava balburdiando próximo à ambulância, o que fez com que William passasse pelo cerco tranquilamente, e berrou pedindo para que as pessoas dessem espaço novamente. Dois corpos estavam fora da lanchonete cobertos com um pano ensanguentado. William olhou a moça caída na escada com uma das pernas torta, olhou mais de perto e viu o uniforme da lanchonete com furos de bala e uma poça de sangue que escorria pelos degraus sujos. O espanto tomou conta quando ele percebeu que a garota folheando a revista agora jazia como um pedaço de carne assemelhando-se a um animal abatido. A bolsa jogada no chão indicava que a garota tinha terminado o turno e estava indo para casa, provavelmente.

O corpo do agressor estava estirado de bruços, cravado de balas na lateral do corpo e nas costas. Uma pistola 1911 fabricada pela Colt estava com o ferrolho aberto, indicando que o carregador estava vazio. Oito tiros, sete no carregador e um na câmara. O sujeito havia descarregado inicialmente oito tiros contra as vítimas, porém um outro carregador estava jogado dentro da lanchonete, vazio.

William olhou o rosto do agressor mais de perto e não o reconheceu. Ficou tentando recordar se já o tinha visto em algum lugar, mas o perfil do homem com a cara ensanguentada e colada no cimento não o ajudava em nada.

— É o Michael Abbey — uma policial pareceu ler os pensamentos de William e fez a cortesia de lhe dar a resposta. — Você o conhecia?

— Não, na verdade só de vista...

— Era um pobre coitado maluco, minha tia é vizinha dos Abbey, acho que serei eu a dar a notícia à Sra. Abbey.

— Sinto muito.

— E você é?

— William Bonham, investigador particular.

— Bom, não tem muito o que se investigar aqui... não me leve a mal, mas, se você puder se afastar do perímetro, evitaria de eu ter que explicar sua presença aqui.

— Tudo bem, eu entendo.

— Peraí, você trabalha pro Bob Griffin, não é?

— Sim, mas é algo recente.

— Meu pai serviu com ele, costumava contar as histórias sobre a figura. Diga que Kelly Whittier mandou lembranças, ok?

— Pode deixar... desculpa a intromissão, eu precisava me certificar do que tinha acontecido aqui.

— Triste, mas agradeça que não era nenhum parente seu.

— Não sei se faz muita diferença.

— Acredite, garoto, depois de um tempo eles acabam virando números em um mural de estatísticas.

A policial berrou para uma mulher com uma câmera entrando na lanchonete e saiu rapidamente. William saiu de fininho e foi até o seu carro e sentou ali no banco do passageiro por um tempo. As luzes das viaturas emolduravam o cenário grotesco que pairava sobre a rua, a vida de algumas pessoas tinha se esvaído em segundos. A garota da lanchonete já não compartilhava da dádiva de estar entre os vivos, o soldado Abbey jazia como uma peneira e alguém estava mais preocupado em tirar fotos da barbárie.

William chegou em casa perto da uma da manhã, cansado e sem sono. Subiu as escadas e abriu a porta do quarto da mãe para se certificar que ela estava dormindo. A Sra. Bonham estava roncando feito um urso polar no iglu de cobertores.

Thomas entrou no escritório pela manhã seguinte e se estabeleceu com um arquivo no colo em meio a cadeira de sua mesa. Tomava um café, quando William atravessou a porta com uma cara de abatido.

— Noite ruim?

— Então você ainda não soube.

— Sobre?

— Você se lembra de um soldado chamado Michael Abbey?

— Na verdade não... por quê?

— Aqui o porquê. — William jogou o jornal na mesa com a matéria estampada na primeira página.

— *Caralho*!

— Cara, ela embalou as nossas batatas ontem mesmo... ainda não acredito.

Thomas agarrou o jornal e começou a ler a matéria. Bob entrou pela porta fumando um cigarro, a fumaça permeava o bigode espesso enquanto ele fechava a porta.

— Ok, vejo que já viram a notícia do mês.

— Primeira página...

— Triste, eu conhecia a maioria ali, de vista, nada demais... vi o garoto dos Abbey crescer.

— Disseram que ele ficou louco depois que voltou do regimento. — William olhou para Bob e colocou as mãos nos bolsos, parecia esperar um parecer do seu empregador.

— Olha, louco seria uma palavra forte e dotada de outro sentido.

— Por exemplo?

Bob foi até a cafeteira e deu um suspiro, agarrou uma caneca de café e sentou no sofá da sala de espera. Cruzou as pernas e tomou um bom gole do café fresco.

— Obviamente vocês se lembram como foi voltar para cidade depois de quatro anos de servidão no regimento de vocês, eu suponho. Então vou dizer como eu vejo as coisas.

— Foi estranho, mas nada a ponto de matar alguém por aí. — Thomas apontava para o jornal enquanto falava. — Aliás, foi ótimo estar em casa, tirando o fato de estar novamente sem uma ocupação.

— E vocês certamente esperavam continuar nas forças armadas, certo? Entrar para forças especiais ou algo do tipo. Mas descobriram que a vida não é como nos filmes do Chuck Norris.

Thomas largou o jornal e levantou para preencher a caneca com café, um pote com alguns biscoitos estava ao lado do açucareiro, ele enfiou a mão esquerda no pote e sentiu o toque fragoso do biscoito nos dedos. O biscoito se desmanchou ao toque, mas não por completo. Ele comeu o biscoito de imediato e deu um gole no café enquanto escutava a conversa, aproveitou para agarrar mais alguns biscoitos e voltou para cadeira da sua mesa.

— Vocês não esperavam voltar para casa para encarar uma realidade que talvez tivessem começado a esquecer. Pois então, imagino como eu me senti na época, e também imagino que, deveria ter me sentido muito pior se eu realmente parasse pra prestar atenção nessa transição indesejada. — Bob deu uma pausa e deu um bom gole na caneca, fez uma expressão pensativa e olhou para a janela enquanto saboreava o amargor do café forte. Os óculos na ponta do nariz embaçaram com o vapor quente da caneca. — O conceito de família se sacode em meio às turbulentas mudanças... isso com toda a certeza. Imagine, vocês saem do aconchego da sua cidade natal, encontram um novo lugar para chamar de casa. Porém, a sua família agora é outra, novos rostos, novos sotaques, novos amigos, suas roupas e até os seus próprios olhos são novos. Mas o seu medo, ah... esse é tão velho quanto o próprio mundo. E quando tudo isso se torna confortável, quando o seu eu já está completamente habituado ao "novo", quando o "novo" agora já se tornou "velho", você é mandado de volta para o velho lar, sua cidade natal, que agora se tornou novo de novo.

Thomas e William pararam por um momento, cada um com o seu olhar em particular, seu modo de parar e pensar diante das palavras do velho Bob.

— Não julguem o pobre Michael... um bom detetive deve ser capaz de usar os olhos, o sotaque e inclusive as roupas de qualquer um. Deve ser capaz de ser alguém que ninguém quer ser naquele momento para que, com sorte, compreenda uma parcela mínima da verdade. Aproximem-se da verdade e deixem a piedade de lado.

O café da garrafa tinha acabado, assim como a conversa. Thomas levantou e foi até o banheiro. Um revólver calibre .38 estava com o tambor aberto sobre a mesa de William, as munições enfileiradas em pé. William lubrificou o revólver com cuidado e o guardou com o tambor carregado com as munições. Um velho com uma bengala abriu a porta do escritório e perguntou:

— Aqui é a loja de tabacos?

Thomas e William se entreolharam fazendo uma careta monótona.

— Final da rua, à direita.

Bob sentou na cadeira do escritório e acendeu um cigarro. Pegou o bilhete na mesa com um número de telefone deixado no dia anterior e ligou. Após alguns minutos de conversa e várias perguntas incisivas, Bob desligou o telefone e apagou o cigarro. Começou a pensar, raciocinar e traçar uma narrativa coerente dentro da *caixola*, nenhuma hipótese a princípio. Abriu uma gaveta da escrivaninha e puxou um arquivo antigo.

— Bob...

— Diga lá, William.

— A senhora Nadine ligou de novo.

— Esqueça essa velha com Alzheimer, garoto... temos trabalho a fazer.

— Peraí, você disse "Nós"?

Bob ficou um tempo observando o telefone enquanto William o indagava. Os olhos ficaram paralisados sobre o arquivo. O pensamento pareceu flutuar em meio a ligação, a voz de William ficou distante aos ouvidos de Bob e um som de sirene ecoou distante em sua mente. Uma luz vermelha rodou a sala como se uma ambulância estivesse ali dentro. Lembranças corroeram a respiração de Bob e a gritaria soou distante. O grito de uma mulher ressoou nos tímpanos dele e a sala pareceu aumentar de tamanho junto com os batimentos cardíacos. "*Tum Tum*" e a sala tinha vinte metros quadrados, *"Tum Tum"* e a sala tinha sessenta metros quadrados, "*Tum Tum*" e a sala tinha cento e vinte metros quadrados.

— Bob!

Bob despertou do momento catatônico e olhou para William, assustado.

— Bob? Que trabalho nós temos a fazer?

— Arrume as coisas, William... vamos perseguir uma sombra.

VII
CONVALESCENÇA

Elizabeth... Elizabeth... acorde...

Ela levantou com o sussurro ecoando por entre os ouvidos. Lizzy levantou e olhou para o lado, suada e desorientada como uma borboleta reverberando sem as asas. O quarto vazio, ninguém clamando pelo seu nome a não ser o vento em um diálogo com a cortina do recinto. As muletas jaziam encostadas na parede, na lateral da cama, e a perna engessada pesava sobre um travesseiro. Ela agarrou as muletas e levantou com alguma dificuldade, acostumando-se com o novo par de pernas em metal. Antes de abrir a porta recebeu a visita amistosa de Joan, a garota de cabelos escuros a ajudou a chegar até a cozinha para se reunirem com Eleanor. Um punhado de laranjas estava cortado em um balcão central e faziam um papel peculiar, a luz que entrava pela janela tocava a superfície laranja das frutas e criava um contorno de luz que realçava as pontas dos cabelos de Eleanor.

Ao lado de Eleanor, a Sra. Pauline tratava de espremer as laranjas em um aparelho metálico antigo, as mãos negras pressionavam as frutas de polpa avermelhada e o néctar era extraído. O tom vermelho criava um aspecto mórbido na cena, filetes de carne pareciam estarem sendo triturados em uma máquina industrial.

Além da silhueta negra da mulher, que espremia as laranjas, um jarro de lírios se estabelecia na janela. O som das polpas esmagadas também perpetuava uma contraposição entre receptividade e estranheza; a estranheza de se estar no lar de outrem.

— Elizabeth! Que bom que está de pé. Venha, vamos tomar café da manhã juntas.

— Obrigada!

— Paul já está terminando o suco de laranja. Perdão, prefere café?

— Bom, eu posso esperar o suco de laranja.

— Ah, que bom, também prefiro... café não faz bem para o meu *cerebêulo,* sabe?

— Nossa, Leo, você viaja legal na maionese né. — Joan estava debruçada no balcão enquanto olhava com uma cara de desdém para a irmã. — Tipo, total!

Paul colocou a jarra de suco no balcão e serviu Eleanor, em seguida serviu Elizabeth com o suco e lhe deu um sorriso de cortesia. Não disse bom dia, somente sorriu e se retirou da cozinha, como se estivesse fora de seu lugar.

— Estou tão feliz que esteja conosco, é bom ter alguém diferente para conversar... minha irmã se apresenta com uma tremenda chatice às vezes.

— Claro, eu que sou a chata né, Leo.

— Entediante às vezes, com seu jeito mórbido... às vezes uma alma alegre faz bem, Joan.

— Em falar em companhia, papai disse que você vai ficar por um tempo conosco, verdade?

— Bem... pelo menos até retirarem a árvore da estrada.

— Ah, claro, a árvore... bem, eu acho que os empregados já começaram a tomar alguma providência quanto a isso. Mas não sei quanto tempo isso vai levar... papai disse que a árvore era enorme.

— Sim, realmente era uma árvore enorme.

— Eles dão conta, relaxa. Logo você sai desse meio de mato.

— Joan! Não ligue pra ela, Elizabeth, é um prazer ter você aqui pelo tempo que desejar.

— Bom dia, meninas. O que estão aprontando nessa manhã quente? — Jeanine entrou na cozinha abanando as mãos enquanto falava, estava suando por entre o roupão de seda rosa. A mulher agarrou um copo e o encheu de suco. — Como se sente, Elizabeth? Pobre querida... sente alguma dor?

— Não, Sra.

— Ah, Jeanine por favor... não me vejo como uma senhora, apesar de ter dado à luz a essas duas coisinhas há um bom tempo atrás. Olhe como elas espicharam!

— Jeanine. Não sinto dor, na verdade um incômodo na perna, acho que vou demorar um pouco até me acostumar com o gesso.

— Coceira? Ou alguma dormência talvez?

— Não sei explicar, mas não é nada demais... posso me acostumar.

— Eu acho que posso te ajudar com isso... deixe-me ver aqui. Sei que tenho algo em algum lugar para isso.

Jeanine saiu rapidamente da cozinha e abriu uma caixa no corredor da casa, revirou por alguns segundos e voltou.

— Aqui, minha querida... tome esse comprimidinho e acho que essa sensação desaparecerá em no máximo quinze minutinhos.

— O que é isso?

— Ah, é apenas um fármaco natural... algo da minha reserva pessoal. Pode ficar tranquila, meu bem, isso é totalmente inofensivo.

Jeanine estendeu a mão com o comprimido e abasteceu o copo de Elizabeth com um pouco mais de suco de laranja, olhou para ela com um sorriso encantador. Elizabeth pegou o comprimido e o tomou com um certo receio, não tinha o hábito de ingerir medicamentos, pois sempre preferia fazer uso em último caso.

— Pronto, querida, você pode me agradecer depois, aposto que daqui há algumas horas já vai estar andando por aí com esse gesso como se ele nem existisse. Agora, se as garotas me dão licença. Vou terminar essa delícia de suco no gazebo. Sintam-se livres para se juntar a mim depois, garotas.

Ela saiu pela casa com o roupão de seda chacoalhando. As garotas terminaram o café da manhã e Joan ajudou Elizabeth com as muletas.

A Sra. Pauline estava rondando pela casa com algumas roupas de cama na mão, passou por Elizabeth e dessa vez resolveu cumprimentá-la estranhamente, como se fosse a primeira vez no dia em que as duas se esbarravam.

— Olá, Alice.

Lizzy olhou com estranheza assim que ouviu a amistosa saudação, talvez ela lembrasse alguém ali, porém resolveu se certificar e corrigir Paul do erro:

— Sra. Pauline. É Elizabeth, meu nome.

— Claro, minha querida. Claro. — Pauline continuou o seu caminho e ignorou qualquer interação significativa com Lizzy. Subiu as escadas e desapareceu por entre os corredores do primeiro andar.

Lizzy prometeu se juntar às garotas e a Jeanine no gazebo, mas antes resolveu ir até o Sr. Maud em busca de informações sobre o obstáculo que se projetava entre ela e Jonathan.

O Sr. Maud estava sentado na varanda em uma cadeira de balanço, limpava um rifle Lancaster de repetição que reluzia sob a luz da manhã. Um copo do suco vermelho de laranja fazia companhia em sua tarefa de lubrificar o rifle.

— Elizabeth, como está hoje?

— Estou bem melhor, Sr. Maud.

— Fico contente em saber disso. Por favor, sente-se. Estou cuidando dessa relíquia aqui, embora eu confesse a você que nunca a utilizo. Mas eu prefiro deixar as coisas em ordem, nunca se sabe quando vamos precisar.

— Eu entendo... um rifle precisa de cuidados, mais do que a maioria das coisas, eu diria.

— Sim, e eu sou do tipo que adota a ideia de antes ter e não precisar, do que precisar e não ter. Em falar nisso, já atirou com um desses?

— Não, não que eu me lembre..., mas já tive uma breve experiência com um rifle de caça.

— Coelhos, patos?

— Cervos.

— Hum, interessante. Acho que nunca cacei cervos.

— Sr. Maud, gostaria de te perguntar... os seus empregados tiveram algum sucesso com a árvore?

— Bom, ainda estão trabalhando nisso... lembro de ter escutado o som de motosserra há pouco. Mas, em todo caso, posso dar uma olhada mais tarde.

— Desculpe, acho que estou um pouco ansiosa, Sr. Maud.

— Ah, eu entendo completamente. Eu não sei como estaria se fosse a minha Jeanine que estivesse longe de mim.

—Você parece ser muito apaixonado, Sr. Maud.

— Apaixonado? Ah, minha querida, eu não saberia viver sem ela. Com toda certeza, estaria perdido sem aquela mulher.

—Vocês parecem ter uma relação muito bonita, de verdade mesmo.

— Todos temos nossos altos e baixos, mas damos o nosso melhor. E como foi a noite de sono?

— Foi... normal, eu diria.

— Normal? Não soou muito positivo.

— Bem, na verdade tive alguns pesadelos..., mas eles são algo constante.

— Pesadelos, eu lembro de uma época em que pesadelos me eram rotineiros. Eu costumava trazer eles comigo quando acordava. Mas me conte, algo de específico nesses pesadelos?

— Não... na verdade se repetem com frequência. Acho que isso se tornou um hábito indesejado.

— Hum, eles se repetem em que sentido? Se quiser falar sobre, é claro.

— Acho que repetição não seria a palavra correta. Eles parecem ter versões diferentes, sabe?

— Sim, alterações, você diz?

— Sim, algumas coisas mudam, detalhes no cenário...

— Por favor, continue. Eu acho intrigante essa realidade particular de nós mesmos.

— Bom, para resumir a coisa... sempre me encontro com um cavalo branco, subo nele e sigo por uma estrada.

—Você está sozinha nesse pesadelo? Ou em alguma versão existe mais alguém com você?

— Sozinha, sempre. Mas ele sempre termina do mesmo jeito.

— E qual seria?

— As rédeas desaparecem... eu perco o controle do cavalo e não consigo o parar. Eu acordo logo depois.

— Entendi. E consegue tirar alguma coisa disso?

— Como assim?

— Não sei, alguma interpretação, talvez... alguma mensagem disso tudo, quem sabe.

— Ah, Sr. Maud, para ser sincera, não sou nada supersticiosa.

— Entendo, querida. Mesmo assim, pelas suas experiências pessoais... talvez esse sonho lhe diga alguma coisa. Algo que só você poderia interpretar.

— "Perder as rédeas". Bom, talvez eu tenha medo de perder o controle das coisas. Talvez eu tenha medo de nunca ter estado no controle...

— É uma ideia interessante, Elizabeth, você é uma garota inteligente. Vou te propor um exercício. Da próxima vez que tiver esse pesadelo, tente descer do cavalo quando as rédeas forem embora. Ou melhor! Tente não montar nele de jeito algum. Quem sabe seja essa a escolha que você deva fazer.

— Hum, pode ser uma solução.

— Pode, mas tenha em mente que nem todos os problemas foram feitos para serem solucionados.

— Nossa, nunca parei pra pensar nisso. Mas o que eu faria com esses problemas então? Simplesmente deixo eles ali, existindo?

— Alguns problemas se solucionam sozinhos, Elizabeth. Alguns outros não foram feitos para serem solucionados.

— Acho que você tem razão.

— Talvez. Agora, acho que você devia se juntar às meninas no gazebo. Elas estão planejando pintar esse gesso pelo que percebi. Eu não disse nada sobre isso, ok?

— Ok! — Ela riu.

Lizzy seguiu para o gazebo e se deparou com Joan brincando em uma tela com as tintas. Eleanor a ajudou a subir os degraus do gazebo segurando uma das muletas enquanto Lizzy se apoiava no corrimão de madeira.

Jeanine estava sentada lendo um livro em uma poltrona almofadada. Ela usava um par óculos de sol avantajado que cobria boa parte do rosto. O rosto pincelado com sardas estava vermelho com o calor que fazia naquela manhã e ela se abanava com um leque uma vez ou outra entre viradas de página.

As garotas aproveitaram para soltarem a criatividade no gesso de Lizzy, uma paisagem recaiu na peça sob as mãos de Joan, um pôr do sol na lateral do gesso e algumas frases aleatórias como *"Eleanor esteve aqui"* enfeitaram o indesejável acessório.

— Parece que o gesso ganhou um visual novo, hein. — Maud chegou ali com as mãos no bolso e ficou parado na escada do gazebo no fim da calorosa manhã.

— Sim, querido... parece que você está criando duas artistas sob seu teto.

— Nossas pequenas obras de arte, eu diria, Jeanine.

— Ah, isso sem dúvida... um trabalho em progresso.

— Bom, Paul irá servir o almoço.

— Ótimo, querido. Garotas, por que vocês não vão na frente e ajudam a nossa convidada?

Joan e Eleanor largaram as coisas e seguiram com Lizzy para a casa. Maud sentou junto de Jeanine por um instante. Ela tirou os óculos de sol e olhou as garotas se distanciando do gazebo.

— E então?

— Bom, parece que teremos uma transição tranquila.

— Perfeito. Está na hora do próximo passo.

VIII
CATEXIA

Os dois estavam na estrada há algum tempo. O Chevelle prata cruzava a auto estrada rumo ao interior do estado com William no volante. Bob retomava o velho arquivo empoeirado no banco do passageiro, olhava algumas fotos e algumas anotações velhas que não pareciam fazer sentido algum, nem mesmo para ele. O cigarro tentava acalentar os pensamentos e fixar um ponto de partida para um raciocínio coerente.

A mulher ao telefone havia pago uma boa quantia em dinheiro, o suficiente para cobrir os gastos da empreitada. Naquela mesma noite os dois haviam parado por seis postos de gasolina, fazendo perguntas e sondando cada alma viva que encontravam em busca de alguma resposta, algum fio de cabelo ou migalha de pão que pudesse fazer algum sentido. Um velho algoz parecia ter voltado a ativa depois de tanto tempo e Bob prometeu que não o deixaria escapar dessa vez.

Mais alguns quilômetros rodados e muitos metros de fita-cassete obrigaram os dois a pararem em uma lanchonete na beira da estrada no meio da noite. Bob não dormia há pelo menos trinta e seis horas. Os olhos estavam fundos e adornados com um belo par de olheiras. O bigode espesso estava seco e polvilhado com migalhas de cinzas de cigarro. William sentou em uma mesa enquanto Bob foi ao banheiro.

Bob se olhou no espelho, abriu a torneira e enfiou a cara ali debaixo da água fria. Não conseguia pensar e parecia estar andando em círculos como da última vez.

A garçonete havia servido duas canecas de café na mesa quando Bob voltou. Ele sentou e começou a olhar o cardápio, William se restringia a olhar a janela enquanto bebia o café.

William se sentia lisonjeado por ter sido escolhido ao invés de Thomas, pensou que talvez Bob o achasse mais competente para o trabalho ou então que preferisse sua companhia para a tarefa de longas viagens noturnas. O entusiasmo e a fixação de Bob no caso pareciam estranhas a William. O velho Bob nunca pareceu ser tão prolífico na maioria dos casos. Ele os resolvia de forma simples, procedimentos padrão com base em um modus operandi desenvolvido através dos anos. O que teria de tão especial para Bob naquele arquivo velho?

Aos olhos de William o arquivo não passava de um simples caso de desaparecimento, uma garota jovem que provavelmente havia fugido dos pais em busca de alguma aventura.

— Já sabem o que vão pedir? — A garçonete segurava um bloco de notas e uma caneta preta, ficou parada ali por um tempo até os dois decidirem fazer o pedido.

O arquivo estava ali sobre a mesa. Bob agarrou o arquivo e começou a confabular com os óculos na ponta do nariz. Ele balbuciava entre uma página e outra enquanto William observava o vai e vem das páginas do arquivo.

— *Okay*, qual é o lance seu com esse caso?

— Desculpa, William, o que disse?

— Qual a história que você tem com esse caso?

— Meu caro, eu não tenho certeza ainda. Mas talvez estejamos diante da mesma situação...

— Mesma situação?

— Sim, ainda estou tentando juntar as peças desse quebra-cabeça. Tentando ser sensato e não me precipitar dando falsas esperanças.

— Bob? Eu preciso saber com o que estamos lidando aqui. Ou com o que você acha que podemos estar lidando.

— Eu vou te mostrar. — Bob virou o arquivo para William e apontou o dedo em um recorte de jornal antigo. — Foi em 1978, nessa mesma região, que uma série de desaparecimentos começou. No começo parecia ser algo casual, crimes comuns como homicídios, estupros... bem, alguns acidentes de carro.

— Acidentes de carro, Bob?

— Sim, William. Mas eu acredito que não eram acidentes. Acredito que não passavam de uma fachada para esconder o crime por trás.

— Tá, mas o que te faz pensar que forjaram acidentes para esconder esses crimes?

— Acredito que não só os acidentes foram forjados, meu caro. Acredito que todo o resto, digo... pelo menos a grande maioria dos crimes não passaram de uma encenação teatral para confundir as autoridades na época.

— Você acha que estamos lidando com o que então?

— Não tenho certeza ainda. Mas se lidando com o mesmo caso, bem, nesse caso, estaríamos diante do começo de uma série de sequestros e assassinatos.

— Você quer dizer que então, espera... quer dizer que temos um *serial killer* nas mãos?

— Talvez algo pior do que isso.

— Tá, *peraí*. Vamos começar do começo. Me conte tudo.

— Aqui está o pedido de vocês. — A garçonete apareceu com o uniforme encardido de molho de tomate, os dois olharam para ela e receberam um pedaço de lasanha requentada. — Algo mais que possa fazer pelos cavalheiros?

— Não, obrigado.

— Na verdade eu vou querer um refrigerante, querida. — Bob olhou para a garçonete e deu uma piscadela desajeitada. Ela o olhou e lhe deu um sorriso desconfortável.

— Bob, eu preciso saber... qual é a sua teoria?

— Certo. Vai parecer loucura, mas aqui vai. Em 1978 eu estava com o pé na estrada viajando, ia para Bristol...

— No Maine, cara?

— Sim. Eu estava indo levar uma caminhonete para um sujeito esquisito, ele queria comprar a caminhonete e queria ela pra ontem. Eu não podia perder a oportunidade, acho que no final das contas ele queria reformar a velharia. Eu levei, claro, a grana era boa e valeu a pena, mesmo sendo tão distante.

— Imagino que fosse... para você se dar o trabalho de ir até lá.

— Enfim, eu decidi voltar de ônibus. Nunca fui muito fã de voar.

— Isso temos em comum. Suava frio quando era obrigado a andar de helicóptero nas operações da base.

— Continuando... na volta conheci uma senhora que estava sentada ao meu lado no ônibus. Conversamos por horas e descemos em uma parada em Concord. Comemos em uma lanchonete e logo depois ela foi a um telefone público. Eu esperava no ônibus nesse ponto, mas ela não voltou e eu decidi sair para procurá-la.

— Ela desapareceu?

— Não, eu a encontrei sentada na calçada aos prantos. Pobre coitada. Decidi perguntar o que havia acontecido, ela tentou falar, mas engasgava com o próprio choro. Tentei acalmá-la, porém sem sucesso. Quando ela conseguiu falar, contou que havia telefonado ao marido e que a filha deles de quatorze anos havia desaparecido perto de Farfield.

— Acho que já estive por lá quando era adolescente.

— Mais café, rapazes? — A garçonete segurava a jarra de café, que exalava um aroma de recém passado, os dois aceitaram de bom grado.

Um trovão cortou o céu enquanto os dois reabasteciam o organismo com mais uma boa dose de cafeína.

— Continuando. A senhora estava desolada e eu me ofereci para ajudar. Eu havia acabado de tirar a licença na época e achei que conseguiria matar dois coelhos com um único tiro. Voltamos para o ônibus e seguimos viagem. O marido dela nos encontrou em uma estação perto de Farfield e eles me passaram todos os detalhes da garota.

— E a polícia?

— A garota estava desaparecida há menos de quarenta e oito horas, então você já sabe do resto.

— Claro, não iam se mexer.

— Mas eu acreditava, e ainda acredito, que as primeiras quarenta e oito horas contém os minutos cruciais para se achar alguém desaparecido.

— Você nos ensinou isso.

— Eu procurei e comecei a seguir alguns rastros da garota... por onde tinha passado, com quem tinha falado, quem tinha a visto. Eu fiz uma espécie de "*Sprint*". Comecei a correr o mais rápido possível e tentar juntar as peças. Porém, a filha deles havia simplesmente evaporado. Ninguém a tinha visto, ninguém havia falado com ela no dia anterior, nem mesmo o pai da garota se recordava de qualquer interação com ela. Ela simplesmente desapareceu sem deixar rastros.

— Impossível.

— Também pensava assim. Mas, eu decidi me instalar em um hotel em Farfield e continuar cavando mais sobre o paradeiro da garota. Não era o meu primeiro caso e nem seria o último. Continuei procurando por três semanas. Nesse ponto a polícia local estava envolvida. Como era de se esperar, não conseguiram nada. A força tarefa cessou as buscas na quinta semana. Ninguém tinha nada sobre nada.

— Tudo indica que ela tenha fugido... ou que se tivesse sido sequestrada, seria alguém muito próximo dali, eu diria.

— Também pensei assim na época, mas depois de falar com praticamente todos os moradores da região essa ideia se deu por vencida. Mas na oitava semana achamos a garota.

— Como?

— Ela havia sido largada em um aterro abandonado a alguns quilômetros de Farfield. O pescoço estava quebrado e ela usava um vestido que os pais dela nunca haviam visto antes.

— Droga. Mas... então?

— Não conseguimos desvendar a morte da garota, nem eu e nem a polícia. O caso me deixou intrigado. Eu segui em frente e consegui outros trabalhos pequenos, solucionei a maioria e isso me trouxe confiança. Até que resolvi voltar para Farfield.

— Para investigar o assassinato da garota por conta própria?

— Não a mesma. O de outra garota que foi achada morta em uma lixeira próxima a um *drive-thru*. Tive esperanças de desta vez poder desvendar e achar o filho da *puta* que tinha feito aquilo.

Connecticut - Farfield - 1978

O hotel na beira da estrada estava vazio. Bob entrou na recepção e falou com o rapaz do outro lado do balcão. O rapaz lhe deu as chaves, Bob assinou o livro de registros e seguiu para o seu quarto. A acomodação era escura com uma única janela na frente. Um abajur bege estava ligado com uma luz amarela e sob ele havia um telefone velho e encardido. Ele sentou na cama e discou para o necrotério da cidade e marcou um horário com o legista.

Bob chegou às duas da tarde no necrotério para convencer o legista a lhe dar um resumo da situação. Não foi difícil quando uma nota de cem dólares saltou sem querer da carteira de Bob. No fim, o legista acabou tratando Bob como um policial da região e o levou até a câmara fria.

O corpo gelado da garota foi puxado da gaveta metálica. O legista tirou o pano de cima dela até a região do peito. Uma sutura se projetava verticalmente no peito da garota. Ele explicou a Bob o trauma sofrido no pescoço, duas vértebras quebradas e um grande coágulo de sangue nas vias aéreas. O exame toxicológico tinha apontado a presença de algumas drogas como cocaína, LSD e ecstasy.

— Não acha estranho que uma garota de treze anos tenha essa quantidade de entorpecentes no sangue?

— Acho, mas nos dias de hoje não duvido mais de nada... o palpite é que ela fugiu de casa com algum pervertido para se divertir e conhecer as belezuras da vida adulta... me admira que ela não tenha morrido de overdose.

— Algum sinal de relações sexuais?

— Não... morreu como veio ao mundo, intacta.

Bob voltou ao hotel e começou a organizar o arquivo do caso. Colocou o recorte de jornal da garota encontrada e traçou uma rota de sondagem.

Às seis da tarde, Bob estava na biblioteca da cidade vasculhando artigos de jornais, manchetes e quaisquer informações que se encaixassem no perfil das duas garotas mortas naquele ano. Ele não achou nada além de especulações e notícias sensacionalistas.

Na semana seguinte Bob já tinha falado com todas as pessoas relevantes para o caso. Procurou, sem sucesso, por algum vestígio que levasse a mais pistas. Já se sentia desamparado e banhado em incompetência quando o telefone tocou no quarto do hotel. O legista tinha a informação de um colega sobre uma garota que havia sido encontrada morta a sessenta quilômetros de Farfield. Bob não pensou duas vezes e foi até o necrotério da cidade próxima onde a garota estava.

O mesmo perfil de vítima, quinze anos, jovem, com traços de entorpecentes no sangue e com uma lesão nas vértebras do pescoço. Embora mais rígido do que o anterior, o legista da cidade deu uma versão mais detalhada do trauma sofrido pela vítima. Explicou que a garota provavelmente havia sido estrangulada com uma tremenda força e que a hemorragia interna a fez sufocar com o próprio sangue enquanto as vértebras eram quebradas.

— Algum sinal de drogas?

— Ainda estamos esperando os exames retornarem. — O legista puxou uma prancheta e começou a observar os registros feitos.

—Violência sexual, talvez?

— Eu não chamaria de violência, mas sim... a nossa jovem aqui teve relações sexuais, provavelmente algumas horas antes do *tempus mortis*.

— E você descarta a possibilidade de estupro?

— Sim, eu garanto... não há caso de estupro aqui.

— Desculpe, mas como pode ter tanta certeza?

— Qual o seu nome mesmo, meu jovem?

— Bob. Bob Griffin.

— Ok, Sr. Griffin... vamos lá. Eu não costumo fazer esse tipo de coisa, mas já que vejo que está empenhado nisso e quer respostas tanto quanto eu, talvez possamos nos ajudar aqui. — O legista largou a prancheta e foi até a gaveta onde o corpo da jovem se encontrava. —Acredito que ela está morta há aproximadamente umas doze horas. Eu fiz uma análise na cavidade vaginal e colhi amostras para exames. Quando uma garota, ainda mais nessa idade, tem relações sexuais, digamos que, isso costuma deixar certas "impressões digitais".

— Impressões?

—Vamos chamar de "vestígios". Toda mulher "registra" suas relações, física e mentalmente, claro. Embora a ciência ainda esteja longe de ter acesso à parte mnemônica de uma pessoa que já se foi, bem... temos em compensação acesso ao registro físico.

— Mnemônica?

— Sim, refiro-me ao material mnemônico, as memórias que uma pessoa resguarda, ou não.

— Prossiga por favor.

— O registro físico por sua vez nessa vítima indica que sim, ela teve relações sexuais, mas com total consentimento, eu diria. Uma relação íntima sempre deixa determinadas lesões, seja ela consentida ou não. Eu analisei para me certificar...

— Que tipo de lesões a vítima possui?

— Lesões comuns de uma relação consensual, deixe-me explicar melhor. — O legista foi até um quadro negro e apagou algumas anotações. Desenhou duas curvas laterais que indicavam a representação de uma vagina. — Imagine que estamos diante de um relógio de parede. Bem, quando ocorre uma relação sexual o relógio registra o "horário" aproximado, indicando por sua vez se houve consentimento ou não. Se o relógio registra lesões entre cinco, seis e sete horas, indicaria que a mulher não ajudou o parceiro, não consentiu no momento da penetração, o que veio a causar tais lesões. Agora, se o relógio registra lesões entre onze, doze e uma hora, nesse caso a mulher teria ajudado o parceiro no momento da penetração, causando as lesões nesse determinado horário.

— Então a garota tem lesões entre onze e uma hora.

— Exato.

— Mas e se os exames comprovarem que ela estava sedada ou sob efeito de drogas.

— Bem, nesse caso as lesões ainda continuariam se apresentando da mesma forma. Por mais que ela estivesse sob o efeito de drogas, o corpo se manifestaria inconscientemente, talvez em conjunto com a memória muscular, mas isso é um assunto pra outro momento. Além do mais, a vítima não tem sinais de lesões de contenção, que fez isso com ela foi preciso e direto. Eu diria que uma pessoa com as mãos muito fortes tenha a segurado diretamente pelo pescoço. Os braços não possuem marcas de restrição, nada que indique que ela tenha sido forçada ou imobilizada para qualquer tipo de abuso sexual.

— Eu entendo. Vou deixar você trabalhar. Obrigado pela sua ajuda. — Bob estendeu uma nota de cem dólares para o legista e sorriu amistosamente.

— Meu caro, o melhor pagamento para mim seria você de alguma forma encontrar o cretino que fez isso. Acredite, eu tenho uma filha mais ou menos na idade dessas garotas e não saberia te explicar como me sinto vendo essas meninas geladas em uma mesa.

— Eu vou fazer o possível pra obter respostas. Só estou tentando visualizar o padrão aqui.

—Venha me ver se precisar de alguma coisa. Talvez eu possa ajudar.

Bob deixou o legista e foi até uma lanchonete próxima de onde a garota havia sido encontrada. Sentou e abriu o seu bloco de anotações na tentativa de esboçar algo. Um café quente foi servido por uma garçonete, o mesmo ritual de sempre. Depois do café, seguiu rumo ao estacionamento do local onde a jovem tinha sido despejada como uma sacola de lixo. Era um beco atrás de uma loja de penhores com algumas marcações de vaga para carros. As marcas estavam quase apagadas. A faixa de contenção da polícia cercava o local, mas não havia nenhum policial ali tomando conta da cena do crime. Bob simplesmente passou por debaixo da faixa e seguiu até um amontoado de lixo que não havia sido recolhido desde o incidente. Alguns sacos estavam escancarados e rasgados. Uma caixa de leite vazava como se alguém a tivesse acabado de jogar.

A marca de giz estava nítida em contraste com as marcas de vaga no estacionamento. O desenho fez Bob imaginar o corpo da garota jogada no cimento frio. O desenho indicava que provavelmente ela havia sido posta gentilmente no chão.

Estrangulada com uma tremenda força, pensou ele, então estamos procurando um indivíduo capaz de fraturar as vértebras cervicais com as próprias mãos.

Ele seguiu o caminho de costas olhando para o chão do estacionamento, tentando visualizar marcas de pneus ou algum outro traço relevante. Nada.

Um nevoeiro caiu enquanto Bob buscava por alguma pista. Leu o relatório da polícia e os recortes de jornal que estavam no carro. Pensou em deixar a cena do crime por um momento e seguir para o hotel, mas sabia que não encontraria nada se ficasse sentado na cama do quarto. Preferiu trancar o carro e caminhar pelo nevoeiro, caminhar pelo quarteirão onde o carro poderia ter passado carregando a jovem. Muito bem, como eu faria isso e por que aqui? Bob retirou a caneta do bolso da jaqueta e seguiu abanando-a na sua caminhada. As ruas ficaram desertas de repente e ele ficou sozinho para pensar. Ficou só com o quarteirão inteiro para ele.

Havia um outro beco na outra extremidade do quarteirão. Bob andou até o beco e parou na entrada. Entendo por que ele não a largou aqui. Havia uma farmácia que ficava em frente ao beco, esse por sua vez era bem iluminado e as faixas estavam bem pintadas e visíveis. Alguns carros estavam estacionados ali.

O relatório policial dizia que ninguém havia visto nada suspeito no dia em que encontraram a garota. No dia anterior também não. O beco possuía uma escada de incêndio que levava até o terraço do prédio. Bob resolveu subir a escada e obter um panorama melhor do lugar.

O terraço era vasto, algumas garrafas de cerveja estavam jogadas na companhia de algumas pontas de cigarro. A quantidade sugeria que o terraço tinha frequentadores assíduos. Ele caminhou até o final em direção ao parapeito e parou ali com sua caneta balançando. Olhou o beco onde a garota foi largada e tentou emprestar os olhos do sujeito para si.

Não entraria de ré, chamaria muita atenção. Sim, entraria de frente com o carro, a garota estaria no banco do passageiro? Não, chamaria a atenção se eu cruzasse com alguém. Não entraria no beco pela direita, há um semáforo ali, eu evitaria ter que parar tão perto assim. Pela esquerda não teria esse problema, também não teria nenhuma loja aberta. Sem testemunhas.

Bob foi até a esquerda do terraço e seguiu com os olhos um caminho na rua. O mais provável e inteligente possível.

Não, não entraria por aquela rua. Mas a rua lateral dá saída direta para a rodovia. Sem estabelecimentos comerciais ou possíveis testemunhas perambulando. O legista sugeriu que a garota tinha sido largada no meio da madrugada. Ok, é uma rota.

Ele desceu do terraço e foi até a farmácia de frente para o beco. Questionou o farmacêutico se ele saberia quem costumava andar por cima dos terraços. O farmacêutico mencionou um morador de rua da região, mas que já não aparecia há muito tempo. De qualquer forma, ele disse que o sujeito vivia bêbado e Bob pensou não ser útil e ir atrás de alguém que não saberia dizer nem o dia da semana em que se encontrava. Não quis que a ideia esfriasse, poderia voltar ao bêbado se a rota não desse em lugar algum. Decidiu seguir o plano A.

Bob entrou no carro e seguiu o trajeto que havia traçado de cima do terraço, andou lentamente observando as casas por onde passava até chegar na saída que levava à rodovia principal. Ainda tentava usar os óculos do autor do crime, tentava pensar como ele e agir como ele. Sabia que o trajeto feito da saída da rodovia até o beco era muito preciso para alguém de fora, tinha quase certeza que o sujeito residia nas proximidades ou tinha o hábito de ir até aquela região de Farfield. O sujeito sabia exatamente que caminho tomar e o horário certo para despejar o corpo da garota.

Então, onde eu me esconderia... como eu pensaria se fosse tão frio a ponto de estrangular uma garota com as minhas próprias mãos? Bob visualizou as suas próprias mãos envoltas na pele esbranquiçada da garota e imaginou a pressão quase pneumática contrair os dedos contra a pele. Sulcos se formando com a pressão de cada dedo. Os olhos arregalados e avermelhados junto com a vermelhidão da pele. Uma pontada nauseante atingiu Bob nesse processo imaginativo e empático. Não poderia se imaginar matando alguém com tanta frieza, mas sabia que a motivação existia em um sujeito como esse, ainda que não justificável.

Bob continuou dirigindo por cerca de oito quilômetros. Observou os campos e casas na beira da estrada.

Onde eu me esconderia? Onde eu viveria... o que eu faria para viver com mãos tão fortes assim?

Uma casa com varanda e uma cadeira de balanço chamou sua atenção. A varanda da casa estava de frente para a rodovia, uma luz fraca brotava da janela e a porta telada que protegia a entrada estava escancarada. Bob deu meia volta e estacionou o carro a cerca de cinquenta metros da casa. Quando chegou perto da varanda, um homem de cabelos grisalhos saiu pela porta de entrada. Fumava um cigarro de palha e cumprimentou Bob amistosamente.

— Opa.

— Espero não ter problema ter parado o carro ali.

— Não, meu rapaz. Precisa de ajuda com algo? — O homem de cabelos grisalhos sentou em uma cadeira de balanço e tirou um maço de cigarro do bolso. Bob subiu a escada da varanda e percebeu que um menino estava sentado no chão e brincava com alguns carrinhos.

— Na verdade estou dando uma volta pela área, queria saber o que tem logo mais adiante seguindo a rodovia.

— Depende do que está procurando. Sente-se. Cigarro?

Bob aceitou o cigarro e fumou em busca da empatia do anfitrião. O homem estendeu um fósforo aceso e Bob se sentou com o cigarro aceso.

— Seu menino?

— Sim, é o jovem Clay. Tenho outros garotos mais velhos.

— Eu vou ser sincero… direto ao ponto, pois não gosto de rodeios. — O homem olhou para Bob e cerrou as sobrancelhas. — Antes de mais nada, meu nome é Bob. Bob Griffin. Estou investigando o caso da garota encontrada… bem. — Bob olhou para o menino na varanda. — A garota que se "perdeu" há dois dias atrás e achou o caminho de casa.

— Ah, sim. A garota perdida.

— Pois bem, talvez você tenha visto algo… diferente nos últimos dias por aqui. Algo relevante, alguém que nunca viu por essas bandas? Talvez um carro suspeito.

Bob acreditava que não tiraria nada substancial do homem. Prosseguiu com perguntas aleatórias. Algo fora do comum, fora do seu próprio "*script*" em tratando-se de como questionaria alguém. Mas acreditava também que não custava nada tentar. Estava pautado em uma dedução instintiva desde que saíra daquele terraço.

— Olha, nada muito fora do normal. Poucos carros passam por aqui. Não é um lado da rodovia que costumam pegar para chegar à cidade.

— Mas nenhum carro diferente do habitual? Ou um carro habitual fora de horário?

— Não, não costumo ficar na varanda até tarde. Os garotos vão dormir às nove. Eu às dez, na maior parte das vezes.

— Chevy Impala… — o menino sussurrou com os carrinhos na mão quando um carro passou na estrada. Bob olhou para o carro. Um Chevy Impala marrom passava na estrada.

— Seu garoto gosta de carros pelo visto.

— O jovem Clay tem essa mania de ficar contando as coisas.

— Contando coisas?

— Sim, sim. Modelos de carro, de sapatos, ferramentas… o garoto gosta de um bom jogo da memória.

— Posso? — Bob apontou para o garoto, pedindo permissão ao pai.

— Não se acanhe, ele não é de falar muito.

— Cutlass. — Outro carro passou e o garoto ergueu o pescoço dizendo o nome do modelo da Oldsmobile.

— Clay, né? Clay, meu nome é Bob.

— Oi, Sr. Bob.

— Você se lembra dos últimos carros que passaram nos últimos dois dias?

— Eu me lembro de todos que passaram enquanto eu estava aqui fora. E de alguns que eu vi pela janela antes de dormir. Mas meu pai gosta que eu durma às nove horas.

— E você consegue listar eles... dizer todos os nomes dos carros que viu?

— O jovem Clay não sabe escrever ainda, meu rapaz. — O pai do menino riu e deu um leve impulso na cadeira de balanço.

— Mas você consegue dizer, não é, Clay? Eu posso anotar.

O garoto fez que sim com a cabeça e Bob retirou o bloco de anotações do bolso. Clay começou a dizer o nome dos carros em sequência e Bob anotou todos. Sete carros em dois dias. Um número pequeno e promissor.

— Mais algum carro que talvez tenha visto passar na direção da cidade, garoto?

Clay olhou com o canto dos olhos para o pai, que fumava o cigarro na cadeira de balanço, retornou o olhar para Bob e fez que não com a cabeça.

— Bom, então acho que isso talvez seja tudo. Desculpe o incômodo Sr...

— Nelson.

— Nelson! Desculpe o incômodo.Vou deixar vocês em paz agora.

— Como queira, vocês da cidade adoram coisas de graça mesmo, não é?

Clay correu para dentro da casa como se a sua mãe estivesse chamando.

— Desculpe, Sr. Nelson. Não queria ser mal educado.

— Oras, é só não ser. Um agrado para o jovem Clay seria bem-vindo, né? Esse garoto tem uma memória de ouro!

— Claro. Claro que sim. Com toda a certeza. — Bob tirou a carteira e sacou uma nota de dez dólares. O pai do menino esticou a cabeça e tossiu a fumaça do cigarro. Bob puxou mais uma nota de dez dólares e fechou a carteira. O pai do menino sentou para trás na cadeira de balanço.

— Aqui... para o garoto Clay.

— Ele vai ficar muito agradecido. Menino de ouro.

— Sim... ele vai, claro.

Bob desceu a varanda e foi até o carro. Observou o pai do menino entrar em casa e parou para olhar com calma a lista de carros no bloco de anotações. Uma batida sutil do vidro fez Bob deixar cair o bloco de notas no assoalho do carro. O menino Clay estava parado na janela. Bob baixou o vidro do carro para falar com o garoto.

— Hey, Clay... tudo bem?

— Meu pai não deixa a gente ficar acordado depois das nove. Mas às vezes eu não tenho sono. — Clay estendeu o punho fechado para Bob e abriu. — O único que eu vi, Sr. Bob.

O garoto deixou cair um pedaço de papel e saiu correndo de volta para a casa. Bob pegou o pedaço de papel e olhou a caligrafia desajeitada se estender por todo o papel. "Buic Estate Vagon". Os erros de alguém que começara a saber como juntar as sílabas mostrava com clareza o modelo do carro: Buick Estate Wagon.

"Boa, garoto, se você viu esse carro tarde da noite, então é atrás dele que eu irei."

Bob seguiu de volta para o quarto do hotel e fez uma ligação para Candice, uma ex-namorada, que trabalhava no departamento de trânsito do estado. Ele pediu uma listagem de todos os Estate Wagons em um raio de oitenta quilômetros. Demoraria pelo menos dois dias, foi o que ela disse até Bob prometer jantar com ela quando voltasse. Na manhã seguinte, Bob tinha uma lista com todos os carros daquele modelo na região e uma promessa para cumprir.

A lista encurtou com um primeiro filtro que Bob fez junto a um mapa da região, verificaria primeiro as regiões isoladas para conferir o paradeiro dos carros. O revólver .38 estava carregado e lubrificado, os pneus do carro calibrados e o tanque cheio. Ele seguiu a rota do Buick, encontrou um deles em uma propriedade isolada. O carro estava morto há pelo menos uns dois anos. O proprietário disse que havia comprado em um leilão e acabou abandonando na garagem devido a um problema nos eixos traseiros. Bob seguiu em frente, o segundo Buick estava em uma propriedade não muito distante da primeira. Esse estava em perfeito estado. O dono era um senhor simpático na casa dos setenta anos que mal conseguia andar, além de possuir uma tremedeira na mão esquerda.

Todos os carros da lista acabaram levando Bob a lugar nenhum, aparentemente outro beco sem saída. Só restava voltar ao hotel e refazer a lista com outro critério. Ele dirigiu pela rodovia de volta, a brasa do cigarro acendia com o vento batendo na ponta. O tempo estava passando para Bob, assim como a ponta de cigarro queimava, rapidamente.

Um farol de carro brotou no horizonte com as duas esferas de luz crescendo em uma velocidade absurda. O que esse cara tá fazendo? Pensou Bob. As esferas de luz continuaram a crescer e o carro passou por ele como se tentasse quebrar a barreira do som, mas não rápido o suficiente para que Bob não pudesse identificar o carro. Era um Buick. Bob deu meia-volta com o carro de forma instintiva e seguiu atrás. As lanternas vermelhas do Buick se tornaram dois ciscos na escuridão. Bob acelerou em direção aos ciscos até eles ficarem do tamanho de duas laranjas e diminuiu a velocidade para uma distância menos suspeita.

Ele seguiu o Buick por alguns quilômetros até ele entrar em uma saída lateral na estrada. Bob passou direto para não levantar suspeitas e logo em seguida deu meia-volta para a pequena estrada de terra. Seguiu devagar e com os faróis apagados até encontrar o Buick estacionado ao lado de uma cabana de madeira. A cabana ficava do lado a alguns metros de um celeiro caindo aos pedaços. Ele parou o carro e tomou coragem para sair e ir até o sujeito.

As entranhas de Bob começaram a causar um rebuliço, a orelha direita adquiriu uma coceira incômoda enquanto os testículos se retraíam e encolhiam como se quisessem se esgueirar virilha adentro. Bob pegou o .38 e abriu o tambor uma, duas, três vezes, e contou os projéteis para se certificar de que todos estavam ali. Desceu do carro e foi em direção da cabana, guardou o revólver na cintura, nas costas, e seguiu lentamente a luz fraca que saía da janela da cabana.

O silêncio da propriedade foi rompido, um som começou a ecoar de dentro da cabana. Bob se aproximou e o som começou a tomar forma até se apresentar da forma que realmente era. Um disco de vinil girava em um toca-discos de quarenta e cinco rotações, uma música serena perdurava pelas frestas de madeira da pequena cabana. Bob bateu à porta com os nós dos dedos e ela se abriu sozinha, convidando-o para entrar. Não havia ninguém.

— Alguém em casa? — Bob perguntou.

O disco rotacionava no toca-discos, um bule estava no fogo com água e começou a assoviar.

— Olá? Alguém aí?

Ele entrou e notou a bagunça na cabana, uma desorganização que se alastrava do sofá velho até a pia, onde um montante de louças sujas se estendia.

Bob foi até a janela e olhou por entre a cortina. Uma luz fraca se movimentava dentro do celeiro. Ele resolveu dar uma breve olhada na cabana e ver o que encontrava. Foi até uma cômoda velha e revirou algumas gavetas que estavam vazias. No quarto, um lençol sujo repousava na cama de madeira, os pés pareciam estar roídos e desiguais de forma que a cama parecia estar torta. O criado-mudo ao lado tinha uma vela que estava apagada, Bob seguiu até o móvel e vasculhou as gavetas entre uma olhada e outra para a porta. Várias caixas de medicamentos estavam esparramadas no fundo da gaveta, alguns comprimidos e seringas soltos chamara a atenção.

Agora eu peguei você, seu filho da *puta*. Bob retirou o revólver e se aproximou da janela para dar uma olhada entre as cortinas novamente. POW! O estrondo irrompeu no ouvido direito e ele sentiu um puxão violento que o arrastou para fora da cabana. Um sujeito gigantesco cravou as mãos no seu pescoço através da janela, atravessou os vidros e encaixou as mãos no pescoço de Bob. Os estilhaços de vidro cortaram o rosto de Bob, o sujeito o pressionou com força no chão enquanto estrangulava com uma força avassaladora.

O Estrangulador, pensou ele, é você o filho da *puta* estrangulador.

— Então é daí que veio essa cicatriz!

— Exatamente, meu caro.

— Mais café? — perguntou a garçonete intromissiva.

— Por favor, querida.

— Mas se você está aqui me contando essa história agora, obviamente sobreviveu. Agora, como se livrou do estrangulador?

— Posso dizer que essa foi a situação mais desesperadora da minha vida, disso tenho certeza…

As mãos largas apertavam o pescoço. Bob agarrou com uma das mãos o pulso do estrangulador e sentiu as veias pulsando com a força. O pescoço estava sendo pressionado e ele sabia que apagaria logo se não fizesse algo. Bob largou os pulsos do estrangulador e tateou o chão esperando pegar o .38 que deixara cair com o susto. Seu maior medo era descobrir que o revólver tinha caído do lado de dentro da cabana.

O revólver havia caído do lado de fora da cabana. Bob procurou com a mão direita e sentiu o aço gelado junto ao cabo de madeira do .38, encaixou as mãos no cabo e o levou para cima em direção ao estrangulador. POW… POW! Um, dois tiros. A mão do estrangulador agarrou e desviou os dois disparos, um terceiro tentou sair pelo cano esfumaçado do revólver, mas antes do gatilho ser completamente puxado o estrangulador deslizou o dedo sobre o acionador do tambor e ele abriu deixando cair algumas balas no rosto de Bob.

A visão começou a falhar. Ele teria desmaiado com a pressão sobre o pescoço se o estrangulador não tivesse largado uma delas para se defender do revólver. O tambor do revólver estava inclinado para frente e resguardava duas balas ainda que começavam a escorregar para fora. Era agora ou nunca, pensou o sujeito com as traqueias sendo esmagadas contra o chão terroso. Bob fez o melhor que pôde, movimentou o pulso girando e fazendo com que a gravidade fizesse o trabalho de fechar o tambor. Efetuou dois disparos rápidos perto do ouvido do estrangulador. Ele largou o detetive e cambaleou para o lado enquanto Bob recuperava o fôlego.

Os dois inimigos, agora desorientados, lutavam para recobrar o controle. Bob abriu o tambor enquanto se levantava e buscou algumas balas dentro do bolso. Começou as encaixar uma a uma, deixou cair algumas, mas colocou o suficiente para fechar o tambor e mirar novamente para o inimigo. O estrangulador havia recobrado os sentidos e corria para o celeiro. Estava a vinte metros, em fuga. Bob mirou, mas engasgou com o ar que tentava chegar aos pulmões. Não disparou o revólver. Levantou e se deu o trabalho de carregar o resto do tambor. Dessa vez faria questão de disparar todas as seis balas no peito do gigante.

O cheiro do chiqueiro invadiu as narinas de Bob. Ele chegou mais perto do celeiro e ouviu os roncos dos porcos que se amontoavam em montes de *merda* dentro do cercado e entrou sem hesitar. Empunhava o .38 em meio à única fonte de luz que pairava sob uma viga de madeira. A lamparina jazia acesa e balançava criando oscilações de luz. Bob vasculhou sem sucesso os cantos do celeiro em busca do estrangulador. Ele notou que a porta do outro lado do celeiro estava entreaberta, caminhou pisoteando o chão lamacento até ela.

Bob saiu do outro lado do celeiro e se deparou com uma plantação de milho. As folhas se amontoavam criando uma cortina verde amedrontadora. Um labirinto do qual ele teria que se atrever a adentrar se quisesse encontrar o sujeito. Mais alguns passos e o vento decidiu embalar a plantação de forma coordenada. Bob olhou atentamente procurando um sinal de movimento. Uma relva contrária ao vento e POW! Disparou dois tiros na direção e abaixou o cano fumegante para olhar só para se dar conta de que estava errado. O erro o denunciou, ao se virar lá estava ele, o sujeito. O gigante correu para cima dele como um touro e deu uma trombada que lançou Bob contra o chão. Esparramou-se, mas não largou o revólver. O estrangulador puxou uma faca de uma bainha na perna e seguiu em direção a Bob. Mais quatro tiros foram disparados. O que sobrou foi um rastro de sangue e o som dos tiques do gatilho em meio a arma vazia.

—Você pegou o filho da mãe?!

— Quase.

— Quase? Como assim quase?!

— Eu o acertei, disso tenho certeza, um rastro de sangue ficou nas folhas da plantação. Eu nunca tinha visto alguém tão grande e tão rápido. Descarreguei o revólver no filho da *puta* e ainda assim ele correu.

— Tá, mas e daí? O que aconteceu?

— Eu não tinha mais balas e nem a coragem de ir atrás dele. Voltei até o carro e fui até a casa mais próxima da rodovia. A polícia local assumiu o caso.

—Você se lembra do sujeito?

— Estava escuro demais e tudo aconteceu muito rápido. O tempo também levou boa parte da lembrança que eu tinha. Sei dizer que era rápido, muito rápido.

— Você acha que podemos estar atrás dele agora?

— É possível, mas uma coisa te digo. Desta vez não cometerei o mesmo erro. Não estou cometendo, aliás.

— Claro, desta vez você não está sozinho.

IX
QUINTESSÊNCIA

Ela sempre esteve lá, sempre fora aquela sensação vertiginosa que invadia suas veias enquanto a agulha entrava na pele úmida de suor e invadia o corpo como uma picada de inseto. Os olhos começavam a revirar enquanto se deslumbrava com a sensação cósmica que Jesper havia descrito com tanto entusiasmo. A pressão exercida na ponta da seringa com o polegar fazia com que Eric tivesse a sensação de flutuar na poltrona, sentia um formigamento fulguroso nas coxas que sintonizava a atmosfera da sala de estar. A língua começava a trepidar e sua visão oscilava em um breve preto e branco entre as pálpebras. Jesper falou com ele, mas o som da voz viajou em ondas oscilantes, tudo que Eric ouvia era um ribombar de notas graves.

Jesper levantou da velha cadeira do canto da sala e foi até Eric, chacoalhou-o insistentemente enquanto ele se deleitava com a sensação da heroína correndo nas veias. Robert contava uma série de notas de dez dólares amassadas na mesa de bilhar, que compunha a sala enquanto fumava um cigarro Camel despejando as cinzas no cinzeiro de vidro marrom perto das bolas de bilhar.

— Eric? Eric? Sai dessa vibe, cara, precisamos ir agora. — Jesper continuava chacoalhando Eric. — Você tá acabado, cara! Largue essa *merda*, temos que vazar!

Quando o efeito da heroína começou a se esmaecer, Eric voltou a si pouco a pouco, abrindo lentamente os olhos para a saleta enquanto o rosto de Jesper flutuava na sua frente com os lábios mexendo constantemente. Jesper tinha as bochechas irrigadas de um vermelho fraco e o cabelo castanho bagunçado caía à face enquanto continuava a chacoalhá-lo.

Quando Eric ficou sóbrio novamente, Jesper o agarrou pelos colarinhos e o ergueu com pressa. Robert continuou do outro lado da mesa de bilhar fumando com um cortês sorriso no canto dos lábios.

Eric começou a se levantar enxugando os olhos que lacrimejavam quando alguém na porta da frente do apartamento começou a bater insistentemente, Robert logo largou o cigarro em cima do cinzeiro e agarrou o revólver que repousava sobre a mesa. Ele foi até a porta e olhou através do olho mágico enferrujado, um sujeito em um terno preto e com cabelos lambidos para trás batia na porta com as mãos cobertas com luvas de couro pretas. O sujeito lembrou um daqueles mordomos acostumados a limpar a bunda dos garotos ricos do lado leste da cidade, sempre com aquela aparência de perfeição "profissional". Robert tinha certeza que o *"limpa-bundas"* do lado de fora estava cometendo um engano, mas naquele prédio não poderia haver enganos, aquele era o gueto! A área do Sr. Robert, o cafetão da *porra* toda, e ninguém enfia o bico nos negócios do dono da *porra* toda, nem por engano.

Ele levou o revólver ao peito, puxou o cão da arma para trás e abriu a porta rapidamente deixando o próximo Toque-Toque do mordomo no vácuo enquanto enfiava o cano da arma na cara dele.

— Acho que bateu na porta errada, meu chapa! — O mordomo olhou para o cano do revólver, sentindo o cheiro de óleo lubrificante pulverizar suas narinas enquanto o valentão do apartamento 303 sorria com um largo sorriso.

— Sinto em lhe dizer tamanho equívoco, senhor.

— Realmente um grande equívoco, e meu revólver está pronto pra enfatizar isso na sua cara, *mermão*! — Robert respondeu rispidamente enquanto continuava a enfiar o revólver na cara do sujeito.

— Concordo na proporção, embora o equívoco seja seu, senhor.

Robert ficou atônito com a resposta, tamanha era a insolência do sujeito que sua vontade foi fazer explodir a cabeça dele e enxugar o chão com terno que o sujeito usava. Antes mesmo de abrir a boca, Robert sentiu nos lábios o sabor amargo do couro enquanto queimava parte do queixo, o punho cerrado do sujeito cruzou o ar com tanta velocidade que fez com que Rocky Balboa parecesse uma lesma. O impacto fez Robert cambalear para trás, jogando a arma para perto do pé da mesa de bilhar.

— Fitz, era claro, só ele teria ousadia o suficiente para me encontrar em qualquer lugar. — Eric estava em si novamente. — O cão de guerra do meu pai me acharia na *porra* de qualquer chiqueiro em um estalar de dedos. — Eric olhou para Fitz sem muita surpresa, Jesper perdeu a força nas pernas quando olhou para o guarda-costas do pai de Eric, ao contrário da imagem que bombardeou a mente de Robert quando avistou o sujeito, Jesper não via um mordomo, e sim um mafioso com aquele fulgor demoníaco nos olhos. Ele despencou no sofá, Fitz recolheu o revólver de Robert do chão e abriu o tambor deixando cair todas as balas no chão, girando suavemente o tambor. Quando Robert começou a se recompor, levantando tonto do chão, sentiu novamente um baque, agora na cabeça, a coronha do revólver bateu com força no crânio de Robert, que sentiu um estralo vir junto com uma cortina preta que encerrou o show. Ele desmaiou estatelando-se no chão novamente.

— Bom dia pra você também, Fitz! E boa noite pro velho Robert. — Eric riu com um humor de desenho animado. Agora Fitz encarava Jesper com um olhar que transmitia palavras pelo ar, só que Jesper não conseguia captar o que Fitz dizia, na cabeça dele os caras da máfia só sabiam conversar com os punhos cerrados e armas apontadas para a cabeça.

— Caia fora, garoto... — As três palavras voaram claras na cara de Jesper, que pulou do sofá como uma galinha louca em direção à porta do apartamento. Eric se acabou em gargalhadas com a cena da galinha em sua mente.

— Cara, você é demais, Fitz, sério, me surpreende quando eu menos espero. — Eric riu novamente com soluços enquanto se dirigia à porta, recolhendo a carteira caída no sofá com algumas notas de cem dólares. Passou por cima de Robert e atirou uma nota de cem no peito dele:

— Durma bem, meu velho.

Eric prosseguiu para a porta caminhando com sua ginga de moleque do gueto, as calças rasgadas ondulavam para os lados devido as pernas finas que tinha. A jaqueta de colegial estava suja nas mangas vermelhas. Antes de cruzar a porta, Eric sentiu a mão de Fitz tocar-lhe o ombro esquerdo, quando se virou viu a crescente mancha negra de couro ir em sua direção como um trem bala. Ele foi atropelado no queixo pelo guarda-costas desmaiando instantaneamente enquanto o sangue escorria pelo canto dos lábios e a claridade sumia diante de seus olhos.

Eric começou a acordar e a primeira coisa que reconheceu com exatidão foi o banco traseiro de couro do carro de Fitz. Já era noite e o ronco dos motores prosseguiam na mesma velocidade em uma constante estabilidade da quarta marcha. O queixo começou a arder e Eric se deu conta da pancada que havia levado. O golpe tinha sido tão rápido que conseguira até mesmo arrancar pedaços da memória de Eric.

— Cara, meu pai vai ficar *puto* quando souber que você me socou!

Ele se levantou no banco do carro segurando o queixo com as mãos, o sangue havia secado no canto da boca e o gosto ferroso perdurava. As picadas de agulha começaram a coçar no braço. Ele sentiu mais uma vez a necessidade de uma breve dose, só para acalmar os nervos.

— Fitz, seu *puto*! Para a *porra* desse carro.

Fitz olhou para Eric através do retrovisor com o mesmo olhar solene, sua paciência firme e constante como um metrônomo. Não disse uma palavra. Eric olhou para ele, ainda segurando o queixo, e deu um balançar de cabeça sugerindo um *"eai, cara? Tá surdo?"*. Ele, por outro lado, não deu a menor atenção ao garoto, continuou dirigindo na rodovia principal que cruzava o centro da cidade.

Os prédios altos começavam a invadir a paisagem e, quando Fitz virou à direita em uma avenida, Eric soube para onde estavam indo. A grande avenida que ligava a cidade às grandes empresas de eletrônicos e as centrais da bolsa de valores estava regada de moradores de rua que saíam da toca ao escurecer. O que sob a luz do dia era uma passagem movimentada, à noite se transformava em um covil de pobreza e viciados por toda parte.

O grande prédio com os vidros espelhados emergia ao fim da avenida, tão alto que aparentava ser inclinado para frente. O logotipo prata da Hyperion Eletronics estampava a entrada principal do prédio com um globo envolvido em um raio circular. Chegamos à fortaleza do tirano, pensou Eric.

Fitz entrou no estacionamento do lado direito do prédio com o carro e estacionou na vaga perto do elevador exclusivo dos funcionários de limpeza. O cão de guarda do pai de Eric observou o ponto luminoso do elevador executivo que marcava o andar nº 102. O ponto luminoso começava a piscar levemente com o tom alaranjado. Eric mijou na pilastra do estacionamento ainda com aquela coceira no braço esquerdo. O ponto piscante do elevador agora se localizava no vigésimo andar e continuava a caminhar para a esquerda calmamente. O elevador chegou. Quando a porta se abriu, dois homens bem vestidos saíram do elevador e pararam nas laterais da entrada do elevador. Eric olhou os dois homens altos de cima abaixo como se fossem as *putas* de meia-idade que rondavam durante a noite no Queen's. Perguntou a Fitz quem eram os sujeitos, mas Fitz só respondeu o que ele já sabia, eram empregados de seu pai.

— Vamos, Eric...

— Já sei, já sei, o rei todo poderoso me aguarda e blá-blá-blá — disse o garoto.

Fitz entrou no elevador e pressionou o botão indicando o centésimo sexto andar, uma mensagem no mostrador analógico piscou uma mensagem: DIGITE A SENHA DE ACESSO. Ele digitou uma senha numérica que concedeu o acesso. Ouviu-se um ronco mecânico soar gradativamente enquanto o elevador começava a subir.

Novamente, o indicador tornava a piscar no seu tom laranja, agora se movia em direção ao centésimo sexto andar. Os dois empregados se dividiam nos cantos do elevador enquanto Eric assoviava uma canção de uma banda local que ele não sabia dizer qual era. Só lhe vinha as notas de um refrão à cabeça, como uma mosca rodeando um prato de comida ensaiando para pousar.

O elevador chegou. Eric foi levado até a sala do pai e jogado no sofá como uma trouxa de roupa. O pai olhou para ele com um olhar desolado.

— Você teve todas as chances, todas que eu podia dar.

— Oi?

— Você vai com eles e, quando estiver limpo... quando me provar que está limpo, aí poderá voltar.

— Espera aí, meu velh...

Os dois sujeitos agarraram Eric e o arrastaram de volta para o elevador. Não era como nos filmes, não estavam de jaleco branco, não havia nenhum sedativo, só força bruta e uma van no estacionamento pronta para levar a encomenda.

Ele foi arrastado até o estacionamento através do mesmo elevador. Foi jogado na traseira da van, que seguiu para o interior do estado a toda velocidade. Eric observou, através da janelinha com grades de proteção, o carro preto de Fitz o acompanhar todo o trajeto.

Na clínica, Fitz o acompanhou até os aposentos, observou até o banho gelado que o garoto tomou contra sua vontade. Ali tudo era contra sua maldita vontade.

Horas depois, ele se viu em um quarto branco, e a sua coceira como companhia. O desejo por mais uma picada estava cada vez maior. Eric resolveu fazer o que fazia de melhor, gritar e espernear na esperança que algum coração mole estendesse as mãos e passasse a mão sobre sua cabeça. Da mesma forma que a mãe fez por longos vinte anos. O quarto branco o incomodava, a picada o incomodava, o maldito silêncio o incomodava. Exceto por uma gritaria ou outra que começava em algum quarto e cessava por um tempo. Mas não era um grito como o de Eric, não, aqueles gritos intermitentes eram bem conhecidos. Eric mesmo já o ouvira uma dúzia de vezes pelos becos afora. Os gritos de abstinência, a sede por mais uma dose.

DIA 3

Ele já estava começando a enlouquecer, o braço coçava e coçava. Precisava de uma única picadinha de inseto que, ao invés de tirar sangue, colocasse o néctar do qual precisava. O enfermeiro o havia visitado umas duas horas antes e lhe deu um livro de capa simples, Moby Dick. Moby Dick? Pra que *porra* eu vou querer ler sobre uma baleia? Ele não queria ler, na verdade nunca tinha lido nada por vontade própria. A leitura foi mais uma obrigação que nunca quis cumprir. Olhou para o livro mais uma vez, abriu a primeira página e arrancou as três primeiras folhas. Arrancou e as comeu.

— Moby Dick *meu pau*!

Ele jogou o livro no canto e deitou na cama junto com a coceira. Só lhe restava dormir e esquecer a picadinha de inseto. Não deveria ser tão difícil dormir com todo aquele silêncio, mas quando deitou começou a fantasiar no travesseiro como um adolescente fantasia com a primeira transa enquanto segura o pinto dentro da cueca. Mas a fantasia era mais atraente do que qualquer par de peitos nas mãos. Era algo que ele não poderia ficar sem. Aquela bendita picadinha de inseto.

DIA 7

Os olhos não conseguiam ficar por muito tempo fechados, nem abertos. Os enfermeiros fizeram um curativo na ferida que se formou no braço depois de Eric tanto coçar. O suor e a febre se alastraram pelo ser do rapaz, os remédios tentavam apaziguar, e a gritaria por socorro agora vinha do próprio quarto. Eric precisava de alguma coisa, qualquer coisa que pudesse saborear, algo que fosse próximo daquela sensação inebriante que a heroína fornecia.

Eric precisava daquela sensação. Só mais uma vez. Por favor, Deus, gemia a voz em sua cabeça. Sim, mais uma única vez e ele prometeria nunca mais usar aquele pozinho derretido na colher. Ele sabia que precisava se distrair e tentar achar alguma escapatória, não era burro, podia ser um viciado, um mimado filho de papai, mas não era nada burro. Os remédios faziam o trabalho de apaziguar o processo de desintoxicação do corpo. O que ele precisava agora era da desintoxicação da mente. Moby Dick, vai ser você mesma, sua baleia estúpida.

O livro jazia no mesmo canto em que deixara. Estava amarrotado e com as primeiras páginas rasgadas. Ele recorreu até ela e começou a ler. Por sorte as primeiras folhas comidas eram páginas de apresentação e um pedaço de prefácio que não o interessava. Leu, virou algumas páginas em uma leitura rápida e voltou. Leu mais uma vez uma dúzia de páginas e voltou à primeira mais uma vez. Notou que mal conseguia se lembrar do que acabara de ler. O que Eric queria era aquela picadinha.

— Moby Dick, esse maldito sobrenome não poderia ser mais freudiano.

Voltou a ler e se estressou com a leitura. Arrancou mais uma página do livro e a comeu, engolindo seco a folha, encolhido no canto do quarto.

Mais um punhado de gritos incessantes nos quartos, porém dessa vez Eric fazia parte do coro. O ensaio da décima sexta filarmônica abstinêncial estava acontecendo todos os dias. A piada era cortesia da enfermeira chefe.

DIA 18

Moby Dick já estava no final, com muitas páginas rasgadas. O hábito de comer páginas se tornou uma contramedida. Se Eric não gostava do que tinha lido, comia a página. Quando terminou, o calhamaço estava magro e sem vida. Se o livro fosse a representação física da baleia, podíamos dizer que ela tinha feito dieta.

A leitura podia ter acabado, mas as crises estavam longe disso. Eric estava em desespero. A cada dia desejava mais e mais a picadinha de inseto. Precisava, com urgência, daquela picada. Não podia mais viver daquele jeito, trancafiado sem ter algo que amenizasse a angústia. Durante as noites ele tremia e se contorcia no chão como um bebê chorão. Os medicamentos pareciam não fazer efeito algum, sentia a madame Abstinência o tempo inteiro com ele.

DIA 20

A baleia foi substituída por uma versão antiga e embolorada de um livro que Erick nunca tinha visto na vida. Não, não vou mais comer essas porras de livros, eu preciso de alguma coisa, qualquer coisa, pensou ele junto com a madame Abstinência.

Um barulho diferente veio do lado de fora da janela com grades. Um "*fuzuê*" que fez com que Eric fosse bisbilhotar, qualquer coisa que distraísse sua atenção do problema era bem-vinda. Ao olhar para fora, descobriu que outros "colegas" também olhavam para fora nas janelas e cochichavam, chamando alguém. Um garoto de cabelos loiros havia sido enxotado da clínica, tinha aproximadamente uns quinze anos e as pernas finas. Segundos depois de avistar a criatura parada e observando os seres que cochichavam das janelas, Eric se viu atracado com a cara nas grades e as mãos balançando para fora.

— Hey, garoto, aqui... vem aqui, carinha.

O garoto olhou para Eric e fez um cara que estampava *"meus pais disseram para não falar com estranhos"*, mesmo assim ele insistiu.

— Sério, vem aqui, vamos fazer uma troca.

O garoto foi até ele como se tivesse interesse, talvez porque Eric oferecia uma troca, e não parecia ser tão pedante quanto o resto dos cochichadores.

— Isso, cola aqui... vamos trocar favores, você me traz algo e pode ficar com algo em troca. — Eric tirou um cordão de ouro que estava escondido e estendeu em direção a ele.

Dylan ficou pensando de onde o rapaz teria tirado aquele cordão, mas preferiu não tentar confabular sobre. Mas, ficou surpreso de o viciado ter conservado o objeto consigo.

— Do que precisa?

— Uma folha de papel alumínio, um isqueiro e o que você puder comprar de heroína, amigão. O que sobrar você pode ficar pra você. Oh, esse cordão de ouro custa um bom dinheiro, penhora ele e me traz o que pedi que você pode ficar com o resto da grana.

— Eu tenho uma outra proposta.

— Proposta? Carinha, esse cordão vale uma grana preta pra alguém da sua idade.

— Eu sei que vale, mas não estou interessado na grana. Eu quero um favor, se puder fazer isso... compro toda a droga que você quiser com essa corrente.

— Fala logo a proposta, cara!

Eric tinha uma lábia para sair de problemas. Convencer o garoto era balela para ele. Mas o garoto parecia ter o mesmo espírito de barganha de Eric.

— Fale logo, amiguinho, eu dou um jeito de conseguir o que você quiser.

— Trancado aí, eu sei que não..., mas você está do lado de dentro, e eu do lado de fora.

— Carinha, você não ia querer estar do lado de dentro.

— Óbvio que não, mas o que eu preciso tá aí do lado de dentro.

— O que você precisa, mano?

— Presta atenção, do lado esquerdo do prédio, perto da ala da enfermaria, tem uma sala de arquivos...

— Como você sabe disso?

— Preste atenção! Eu sei porque estava aí até agora há pouco. Lembre-se, perto da enfermaria! Tem uma sala de arquivos, o que eu preciso de lá é de qualquer documento ou arquivo que tenha o registro de médicos e funcionários, os que tiver... os que você conseguir trazer.

— Como vou chegar na *porra* da sala de arquivos? Pra que você quer uma pasta de arquivos, cara?

— Você faz muitas perguntas. Se não quiser não tem problema, peço pra outro aqui.

— Não! Digo, eu dou um jeito... perto da ala da enfermaria, né?! Ok...

— Tá, trato feito?

— Trato feito, carinha! Não vai me deixar na mão, né?

— Um isqueiro, papel alumínio e o que sobrar em heroína, certo?

— Grande, carinha! Quando você volta?

— Amanhã, no fim da tarde, ok?

— Mano, pela manhã, por favor?!... eu estou muito na seca, carinha!

— Tá bem, Tá bem.

Eric deu o cordão de ouro para o garoto na esperança que não fosse tão escorregadio quanto ele. O instinto o dizia que o garoto podia ser tão liso quanto, mas valia a pena arriscar. Arriscaria a mãe se fosse preciso para experimentar nem que fosse um mero resquício da picadinha de inseto. Claro, dessa vez não sentiria a picada da agulha. Poderia muito bem improvisar um torniquete com os lençóis, mas esconder um kit de seringas seria mais complicado do que um isqueiro e algumas folhas de papel alumínio. E a droga ele esconderia no *cu,* se fosse preciso, não veria problema nenhum. Seria melhor não arriscar perder.

Ele precisava achar um jeito de chegar à enfermaria, e rápido. Sabia que seria impossível sair do refeitório com todos aqueles "enfermeiros" vestidos de branco. Eram nada mais que armários largos com jalecos brancos esperando a oportunidade de socar um dos viciados. Dava para ver no rosto deles. Eric conhecia muito bem.

Como chegar à enfermaria? Parecia tão óbvio para Eric que mal se atreveu a pensar no assunto. Precisava agir rapidamente e torcer para encontrar os arquivos que o garoto queria. Os pés? Não, ele sabia que precisaria dos pés para entrar e sair rápido da sala de arquivos. As mãos então. A mão direita ainda vai dar conta de segurar o papel alumínio e *"fumar o chinês"*, pensou ele.

Uma tremedeira já habitava as mãos de Eric desde o segundo dia distante da picada de inseto. Agora tremia também graças à ansiedade vertiginosa que permeava o corpo. Amanhã ele iria afogar o desejo em um pedaço de papel alumínio, iria inalar aquele vapor do pózinho branco e se sentiria inteiro mais uma vez. Mas não seria fácil. O que você não faria por uma dose, uma única dose, né? Madame Abstinência não iria parar de sussurrar no ouvido até que ele aliviasse a angústia.

A mão direita, vai ter que ser a mão direita. Eric olhou para as grades da janela e procurou a extremidade onde as barras eram mais estreitas entre elas.

— Vamos lá, não vai doer tanto assim. Pensa naquela baforada que vai dar amanhã.

Ele foi até a janela e encaixou o dedo médio e o anelar na fenda entre as duas barras de ferro e respirou fundo.

— Um... dois...

Um "crack" acompanhado de um grito seguiu por todo o prédio. Eric caiu no chão em dor segurando o pulso. O som dos dedos quebrando pareciam um punhado de macarrão sendo pisado por um desavisado. Dor e sangue se espalharam pelo chão. Ele fechou os olhos e gritou todos os palavrões que sabia e, os que não sabia, inventou. Tentou abrir os olhos, mas não conseguiu, estava pagando o preço por mais uma visita ao paraíso. Não é um preço tão alto assim pra mandar a Madame Abstinência embora.

Ele respirou fundo e abriu os olhos após longos cinco minutos de dor. Olhou e viu que um líquido melado vermelho escorria entre os nós dos dedos quebrados. Uma lasca de osso parecia escapar entre um filete de carne que pulsava um pouco de sangue. Uma exuberante fratura exposta dizia "olá" para Eric. Ele tentou tocar a ferida, mas uma pontada de dor fez com que ele parasse.

— Respira... Res-pira... a parte difícil já foi.

Eric foi até a cama e começou a gritar por ajuda. Exclamou em meio aos berros de outros integrantes da *"décima sexta filarmônica abstinencial"* e tentou ser ouvido, ser notado no meio do coro de gritos.

Quarenta minutos de súplicas e os enfermeiros abriram a porta. Levaram ele para enfermaria. Eric prestou atenção no caminho enquanto o levavam na cadeira de rodas. Fingiu estar inebriado de dor, mas viu todo o trajeto e notou a sala de arquivos à direita da enfermaria quando passou por ela. Lá estava o pote de ouro no fim do arco-íris.

A enfermeira fez um curativo junto ao médico, que colocou os dedos no lugar e advertiu que o transfeririam para o hospital da capital para uma cirurgia, enquanto ele preenchia um relatório médico.

— Doutor, me dê algo para dor. Pelo amor de Deus!

O médico olhou para ele e deteve o olhar por alguns segundos, em seguida assentiu para a enfermeira que pegou uma seringa. Não era a picada de inseto que ele tanto queria, mas uma das dores iria ser amenizada, pelo menos por aquele momento.

A morfina entrou na corrente sanguínea e a dor latejante nos dedos se esmaeceu aos poucos. Agora era a hora da atuação. Eric já havia tomado doses maiores de morfina para aliviar a "coceirinha" na falta do pózinho branco, mas aquela pequena dose não faria o efeito que ele gostaria que fizesse. Se fosse forte o bastante, provavelmente daria um jeito de ir parar na enfermaria toda semana. Após a injeção, estatelou-se na cadeira e fechou os olhos deixando uma fresta suficiente para observar os próximos passos do médico e da enfermeira.

O médico deixou a sala e falou alguma coisa inaudível para Eric. A enfermeira assentiu mais uma vez e permaneceu na sala da enfermaria observando o rapaz.

— Enfermeira, eu sei que é pedir demais, mas vou enlouquecer… estou morrendo de sede.

— Claro. — Ela foi até um bebedouro no canto direito da sala.

— Não, moça, desculpa. Na verdade, eu preciso urgentemente matar a sede de uma coca gelada! Não sei se me entende, mas o açúcar… ah, eu preciso…

— Um refrigerante? Eu não tenho um refrigerante aqui comigo.

— Eu sei… e sei também que vocês têm uma máquina de venda na sala de descanso de vocês, não têm?

— Bom, temos…, mas eu não posso te deixar sozinho.

— Ah, moça… já é um sofrimento estar passando por todo esse tratamento… é só uma coquinha gelada, não vai fazer mal a ninguém. E além do mais eu não vou a lugar algum assim.

A enfermeira olhou para Eric e sorriu. Nesse momento ele soube que ela estava no papo.

— Eu vou pegar uma lata para você, mas tem que me prometer não colocar a cara para fora daqui! Entendeu?

— Eu prometo de dedinho, moça. Não vou sair daqui.

Antes de sair da sala, parou no batente da porta e olhou para Eric, o que fez com que ele mostrasse o dedo mindinho para ela com uma expressão de cão abandonado.

Era naquele instante ou nunca. Ele esperou tempo suficiente para que ela dobrasse os corredores e correu para a sala de arquivos. Por sorte, não havia mais ninguém nos corredores, somente os ecos que vinham dos quartos da ala leste. A porta da sala estava destrancada. Eric entrou e começou a vasculhar com a mão boa os arquivos. A sala era organizada e os arquivos dispostos em ordem alfabética. Ele achou uma pasta de registros de funcionários que se encontrava atarracada em outras duas pastas. Um elástico as envolvia. Abriu e viu todo que apenas uma delas continha o curto registro de médicos, psicólogos e psiquiatras. Vai ter que ser essa, carinha, vai ter que ser essa.

Um barulho no corredor chamou a sua atenção. Eric enfiou a pasta no elástico da calça, nas costas, e cobriu com a camiseta. Os saltos da enfermeira bateram um atrás do outro no chão do corredor. Segurava a lata de refrigerante com as pontas dos dedos. Ela entrou na sala e se assustou.

— Não se importa de eu me sentar aqui, né? — Eric estava em uma cadeira de rodas brincando com uma das mãos nas hastes das rodas.

Quando o médico entrou na sala e deu o aval para que os enfermeiros levassem Eric para o quarto, ele fingiu fraqueza e pediu para que eles o empurrassem na cadeira de rodas. Ele poderia andar, claro. Mas a cadeira seria o disfarce perfeito para aquele pequeno volume nas costas, o encosto da cadeira faria o trabalho de esconder o arquivo que, por sorte, era tão magro quanto o calhamaço final de Moby Dick.

Ele deitou na cama do quarto e esperou os enfermeiros trancarem a porta novamente. A ala dos pacientes de "primeira fase" continuava com os seus gritos de abstinência.

Tudo bem, carinha, agora faça a sua parte, eu fiz a minha. Não foi tão difícil, né... vamos lá, algumas folhinhas de papel alumínio, um isqueiro e o meu pózinho branco. Vai ser tão fácil quanto comprar um refrigerante na máquina de vendas.

X
ACCUMBENS

O carro do pai estava estacionado a alguns metros da clínica. Ele entrou e girou a chave. Olhou para o cordão de ouro e pensou: vai ser moleza, você só tem que ir até aquele maldito beco imundo e comprar um pouco de heroína. Ele saiu do estacionamento e seguiu em direção ao centro da cidade.

Dylan ia dar o seu jeito e conseguir aquele arquivo de qualquer maneira. Não podia ser alguma coincidência, certamente o universo havia deixado uma mensagem na caixa postal para ele. Agora que tinha aberto, precisava decifrar aquele código encriptado e descobrir por si só o que o destino queria dizer. O tal L. Maud havia escrito dois bons livros, livros que abriram uma nova gama de possibilidades para Dylan. O mínimo que ele poderia fazer era encontrar o novo ídolo e ter uma conversa razoável, com direito a perguntas e respostas, como naqueles *talk shows* de sábado à noite.

Uma procura detalhada em uma lista telefônica levou Dylan até a universidade de Boston. A bibliotecária deu toda a informação que tinha sobre o misterioso L. Maud, informação suficiente para impulsionar o desejo e a curiosidade do garoto. Muito reservado, quieto e inteligente, disse a bibliotecária em Boston. O autor de Comunhão de Aves e Breviário do Outro Reflexo havia se formado em psicologia, muito tempo antes de Dylan sequer existir.

Dylan adorou revirar os arquivos e documentos que mostravam as pesquisas e trabalhos do autor, um resquício do que L. Maud buscava. Um documento em particular de uma publicação no jornal acadêmico chamou a atenção de Dylan. O garoto queria nada mais do que uma conversa quando decidiu ir até Boston para descobrir o paradeiro de L. Trocar cartas, ser ouvido e ser respondido, na esperança de que a conexão telepática entre remetente e destinatário pudesse ser estabelecida. Porém, aquela matéria no jornalzinho acadêmico de 1967 fez o interesse descer ladeira abaixo como uma bola de neve. A bola rolou e cresceu como em um desenho animado.

"A Mente em Pauta – Edição de Novembro – 1967 – Universidade de Boston

O dobro de uma identidade"

Por Leslie Maud

É notório que o processo de hipnose como terapia do sujeito histérico é extremamente eficaz, seja pelo seu elemento revelador ou pelo seu elemento modificador. Uma vez que o processo começa, é possível deixar para trás e apaziguar algumas angústias, revelar a fonte de determinados traumas e experiências reprimidas pelo paciente. Porém, é mais do que notório, que, a terapia hipnótica revela um caráter ambíguo e acarretado de uma duplicidade Unheimlichiana que insiste em ficar adormecida em um limbo sombrio entre o inconsciente e o subconsciente.

A duplicidade que envolve o perfil de um sujeito no seu processo hipnótico está intimamente ligada ao seu sujeito ainda não identificado. Apesar da eficácia da hipnose, o divã ainda se mostra com um assento faltante. [...] Há de se questionar a realidade simbólica do indivíduo em análise. Parece ser possível uma aproximação desse "sujeito oculto" que se mostra como uma parte inerente à mente histérica, talvez como uma outra metade.

A outra metade pode ser: a) uma identidade reprimida pelo processo de desenvolvimento; b) a metade de um todo, como elemento estruturante da personalidade. c) a real identidade do sujeito, omitida na linguagem pelos agentes inibidores.

[...] A pesquisa sobre a metade oculta no sujeito, apesar de inicial, parece promissora. O uso de psicofármacos poderia talvez ser um agente facilitador para a extração [...]"

A REAL IDENTIDADE DO SUJEITO!? Isso é fantástico! Pensou Dylan. Mas não, não havia nada a respeito nas obras em que Dylan leu, e ele adoraria saber mais sobre o assunto.

A curiosidade movia o garoto, que convenceu a bibliotecária a fornecer uma cópia do jornal acadêmico. Foi censurado na época pelo corpo discente semanas depois da publicação, "mas tudo é arquivado em algum lugar por aqui, tudo", dizia a bibliotecária. Dylan queria mais. Trechos de uma pesquisa ou alguns livros velhos não saciariam a sua mente curiosa.

Ele parou o carro em uma vaga a poucos metros da loja de penhores. Entrou no estabelecimento e viu um velho carcomido atrás do balcão. Um par de óculos pairava sobre o nariz esburacado. Pequenos e garrafais.

— Diga lá. — O velho levantou da cadeira, lento e rangendo. — Que *cê* precisa?

— Quanto por isso?

— Hum, de onde *cê* arrumou esse cordão, garoto?

— Eu ganhei de um tio, quanto paga? Preciso de dinheiro.

— Eu dou cem pratas... não vou pagar mais que isso. Vai saber se falando a verd...

— Fechado, cem pratas tá ótimo.

— Sério? Hum, vou fazer o recibo e já te pago então... *Cê* não roubou esse cordão não né, garoto?!

— Eu tenho cara de trombadinha?

— É, eu sei reconhecer um trombadinha quando vejo um... e *cê* não tem jeito mesmo, mas sabe *comé*, quem vê coração não vê cara.

— Na verdade é: quem vê cara, não vê coração.

— Quê?

— Nada, esquece... cem pratas então, né?

O velho pigarreou e olhou para Dylan. Foi até a caixa registradora olhando para o cordão de ouro e sacou as cem pratas. Entregou a Dylan, que saiu dali rapidamente. Foi até uma loja de conveniências e comprou um isqueiro e um rolo de papel alumínio.

Agora a parte difícil. Ir até o beco imundo do outro lado da cidade e conseguir um pouco da droga sem ser roubado ou esfaqueado no processo. Dirigiu até o outro lado da cidade, parando para abastecer em um posto de gasolina no caminho.

A bibliotecária havia olhado os registros da universidade e disse a Dylan que L. Maud tinha sido encaminhado para trabalhar em uma clínica de reabilitação nas redondezas de Boston. Era a única informação relevante que ela conseguira fornecer. O que ela não imaginava era que seria enxotado da clínica no exato momento que perguntasse pelo Dr. Leslie Maud. Por quê? Tudo indicava que o Dr. era, no mínimo, excepcional no que fazia. Os livros eram um deleite para Dylan, os registros da faculdade mostravam um aluno brilhante. Pelo menos Dylan acreditava nisso.

Um carro estava parado na beira da estrada, no acostamento. Dylan passou devagar e viu uma senhora tão carcomida quanto o dono da loja de penhor. O pneu traseiro do carro dela estava furado e rasgado. Ele parou um pouco à frente e decidiu ajudar. Não custa nada ajudar? Faça com os outros o que você gostaria que fizessem com você, né? É assim que Dylan sempre pensava. "Hoje é você, amanhã pode ser eu!"

A senhora vibrou com as mãos quando o garoto parou o carro.

— Meu salvador! Meu querido, eu não faço ideia de como trocar um pneu.

— Eu troco pra você, senhora. Pode deixar comigo.

— Ah, não acredito, só pode ter sido Deus que o enviou para me ajudar. Ele sempre ouve minhas preces.

— Deve ter sido. — Riu. — Sendo ele ou não que me enviou, cá estou. Troco em um instante...

— Ah... eu fico tão agradecida, desde que Peter se foi não tenho mais a quem recorrer. — A senhora esmaeceu o sorriso de repente. — Ele fazia tudo por mim, tudo, sabe? Desde trocar os pneus até amarrar os meus sapatos quando eu já não podia agachar pra isso, bem, não posso na verdade.

Dylan olhou para os sapatos da senhora, notou que os sapatos que usava já não tinha cadarços. No lugar de sapatos de cadarço, sapatilhas com elásticos que poderiam ser facilmente colocadas sem a ajuda das mãos.

— Eu sinto muito, Peter era seu marido?

— Ah, não, Peter era meu filho... — Deu uma boa risada. — O meu velho marido já se foi há mais de trinta anos! E, também, aquele chato de galocha era um imprestável... bem, o meu imprestável.

— Entendi! Mas Peter não te visita com frequência?

— Ah, meu querido, Peter está com o nosso bom Senhor Deus. Pelo menos isso me traz alguma paz. Ele era o meu menino. Mas está em boas mãos, disso eu tenho certeza!

— Prontinho. Já pode dirigir novamente, senhora...

— Olivia, me chame de Olivia... *xapralá* o "senhora", menino. Tome. — Ela abriu uma bolsa e tirou uma nota de vinte dólares. — Fique com isso.

— Não, senhora Olivia, não precisa mesmo...

— Eu faço questão! Não se fazem mais homens como antigamente... use para comprar alguma coisa para sua namorada, um garoto como você deve ter uma namoradinha esperando por aí.

Dylan não soube o que dizer, aceitou o dinheiro mais por complacência do que pelo favor prestado.

Olivia entrou no carro e seguiu seu rumo. Dylan voltou para o seu automóvel enquanto enfiou a nota de vinte dólares amassada no bolso. Ele ajudaria qualquer um sem pestanejar. Mas a senhora Olivia lembrou muito a sua avó. Mais do que isso, lembrou uma parcela da infância onde assistia a doçura da segunda mãe se transformar em uma mancha escura e podre. O cigarro a levou, o câncer fez o seu papel, assim como os pais de Dylan foram bons filhos e cuidaram da mãe até o fim.

Ele ligou o carro e seguiu, tinha que passar por um enxame de zumbis até conseguir o arquivo do Dr. Maud. Pelo menos esperava conseguir, se o pedante do outro lado da grade fizesse o seu papel. Só restava confiar em um viciado desesperado por uma baforada no papel alumínio.

Dylan soube que estava de fato na periferia quando o cheiro azedo pulou para dentro do carro junto à brisa. Ele tapou o nariz e fez uma cara de desgosto, até começar a se acostumar com o cheiro, que parecia uma mistura de vômito com odor de *cu*. Não se atreveria a descrever o cheiro assim perto do conservadorismo dos pais, mas foi a primeira coisa que lhe veio à cabeça. Ele passou devagar por uma esquina, alguns viciados estavam sentados no que parecia ser entulhos de peças, móveis velhos ou algo do tipo. Um sujeito fumava um cigarro enquanto olhava para Dylan. Apesar do homem encará-lo, o olhar parecia amistoso. Ele encostou o carro e abriu a janela. O sujeito se aproximou e perguntou se ele estava perdido. Dylan respondeu:

— Não, na verdade eu estou atrás de comprar uma heroína... saca?

O sujeito riu e olhou para os amigos que olhavam a cena.

— Tá certo, brother, tá certo... você não fuma nem um cigarrinho de palha com essa cara aí. Fala logo, qual é a fita?

— Não é pra mim..., mas preciso comprar um pouco para um amigo.

— *Cê* tem certeza, mano? — O sujeito olhou para Dylan e arqueou as sobrancelhas. — Tem certeza que *cê* tá a fim de ir atrás disso?

— Tenho certeza de que preciso disso, se eu não arrumar essa heroína, *tô* frito.

— Tá, destrava a porta então e eu te levo até lá.

Dylan hesitou por um instante. Devo confiar nesse cara que eu acabei de conhecer? Se ele roubar o carro do meu pai aí é que eu *tô* frito mesmo.

— Olha, mano, se você não for até a quebrada com pelo menos alguém conhecido, não vai se dar muito bem, vai por mim, mano... vai por mim.

O sujeito tinha total razão. Um garoto loiro com uma camisa de gola xadrez não iria ser bem recebido por um bando de viciados. Provavelmente levaria uma surra e seria roubado, ou coisa pior do que isso.

— Ok — Dylan destravou a porta do carro —, você me leva até lá, se quiser pode ficar com parte da droga.

— Relaxa, mano, não uso heroína... isso é um caminho sem volta, *cê* é *loco*!

Os dois saíram com o carro, o sujeito foi guiando Dylan até passarem por um terreno baldio com cercas de arame. Alguns cães estavam guardando uma esquina, como se fossem uma gangue. Seis ou sete cães andando em grupo, como associados. Vira-latas SA, pensou ele.

Ele dirigiu por mais uns trezentos metros até o sujeito pedir para parar o carro.

— A partir daqui só dá pra ir a pé, mano.

— Ok.

O sujeito desceu do carro e deu um assovio. Uma mulher apontou na janela do segundo andar de um prédio caindo aos pedaços.

— Esse tá comigo, tia... dá um *bizu* no carro pra *nóis*.

A mulher abanou as mãos e entrou de novo.

— Meu nome é Marcos, qual o teu, mano?

— Dylan.

— Tipo Bob Dylan? Mr. Tambourine e o *caralho* a quatro?

— Tipo isso.

Eles passaram por uma viela que cheirava à carne moída, daquelas que você tira da geladeira para descongelar. Uma série de roupas penduradas em varais improvisados se estendiam e cobriam parte do caminho. Marcos desviava as roupas com a mão e seguia rápido, como se soubesse exatamente onde ir e como ir. Dylan o acompanhava apreensivo.

Os dois chegaram em uma área aberta, algo como um pátio onde uma cesta de basquete capengava em uma parede esburacada. Dois sujeitos batiam a bola de basquete no pátio enquanto outros três estavam encostados em uma parede. Fumavam um cigarro de maconha (Dylan reconheceu o cheiro de erva assim que entrou no pátio) e logo notaram Marcos cruzando a quadra improvisada. Passaram por mais uma viela e chegaram a uma casa de tijolos com uma cerca baixa de arame.

— Chegamos, mano... seguinte, quanto de bagulho você precisa?

— Bagulho?

— É, mano, bagulho, chino, cheiro... heroína, *tendeu* mano?

— Ah! Bom, não faço ideia de quanto custa... eu tenho cem pratas aqui.

— Cem pratas? *Caralho* mano, é droga pra cacete... vai matar um boi com essa *merda*?

— Espero que não. — Dylan olhou para Marcos e estendeu a nota de cem dólares. — Toma.

— Tá, espera aqui. Eu vou comprar o bagulho e já volto, mano.

Marcos bateu à porta da casa de tijolos, um sujeito alto abriu a porta e o deixou entrar. Dylan ficou ali parado, o sujeito perguntou a Marcos, que disse que aquele garoto franzino era o cliente.

A espera durou longos vinte minutos. Dylan batia os pés no chão sem parar. O som de uma batida cresceu devagar ao longe. A bola de basquete veio acompanhada de quatro outros sujeitos que caminhavam na direção de Dylan. Os nós dos dedos se contorceram e Dylan fechou a mão, apreensivo com o que poderia ocorrer a seguir. O sujeito mais alto batia a bola de basquete enquanto olhava para Dylan, caminhou lentamente até passar pelo garoto. Torceu o pescoço para olhar e seguiu o seu caminho junto com os outros três. Ele respirou aliviado. O pior provavelmente havia passado, embora soubesse que só estaria tranquilo quando estivesse de volta ao carro.

Marcos saiu rápido da casa, com um pacote pequeno que enfiou no cinto das calças. Não se deu o trabalho de abrir a portinhola da cerca, simplesmente a pulou e apressou Dylan:

— Bora, mano, bora, bora, bora...

— Deu certo...?

O sujeito alto abriu a porta e gritou para Marcos algo que Dylan não soube decifrar.

— Corre, mano! — Marcos gritou para Dylan, impaciente. — Corre, corre!

Marcos começou a correr e bater as mãos por entre os varais. O sujeito alto na porta deu um assovio e gritou. Dessa vez Dylan escutou alto e claro as palavras: pega, pega eles Hector! O rosnado acompanhou em seguida. Um cachorro de pelagem preta desceu as escadas rosnando entre a baba que corria pelo queixo.

— Corre, mano, corre!

Dylan colocou as pernas finas para funcionar e começou a correr seguindo o Marcos. Entraram por uma viela estreita em seu final. Marcos passou de lado pela viela, Dylan logo atrás correndo aos tropeços. O cachorro vinha logo atrás, disparando como uma bala e latindo. O latido ecoava nas vielas. A vizinhança do local colocava o pescoço para fora das janelas e ajudavam em coro. *"Pega! Pega! Pega!"*. Só restava correr até os pulmões explodirem, se não o fizesse, o cachorro endemoniado iria comer as bolas de Dylan.

Correram por mais um tempo, o cachorro no encalço dos dois. Chegaram em um pedaço do conjunto de casas onde ao ponto final era emoldurado por uma cerca alta de arame. Aquela era a saída dos dois. Marcos correu e fez um sinal com os dedos para Dylan. Os dois pularam em direção da cerca e agarraram as frestas do arame. Subiram.

Dylan pulou a cerca e começou a correr quando ouviu Marcos chamar por ele.

— Mano, mano! Me ajuda!

Ele parou e olhou para trás. Viu Marcos com uma das pernas enroscada no arame. Um pedaço grosso de linha da calça jeans tinha enroscado na cerca. Dylan respirou por um momento e escutou os rosnados do demônio de quatro patas vibrar ao longe. Ele olhou para Marcos e correu para ajudar. Tentou desenganchar a calça jeans da cerca, mas as frestas no arame não eram grandes o bastante para os dedos do garoto.

— Puxa a perna, cara! — Dylan olhou para Marcos. — Puxa!

O cachorro apontou na esquina entre duas casas e continuou a correr com velocidade. Foi chegando mais perto até ter uma distância suficiente para dar um salto e agarrar a presa. Marcos puxou a perna segurando com uma das mãos na perna da calça jeans. A calça rasgou e Marcos se lançou para o outro lado da cerca.

O cachorro trombou na cerca com o salto e Dylan foi lançado para trás. O cão continuou latindo para os dois ali do outro lado, mas Dylan e Marcos sabiam que não estavam a salvo ainda.

— Vamos, mano, vamos!

Dylan levantou e atendeu ao chamado de Marcos. Os dois correram por mais um tempo até dar meia-volta na quadra. Entraram no carro e saíram dali.

Os dois pararam a algumas quadras da esquina onde os entulhos serviam de assentos para os garotos que fumavam anteriormente.

— Tá, que *porra* aconteceu lá atrás?

— Eu devia uma grana pra um cara… ainda devo, você acabou de ver lá atrás que devo.

— E como saiu de lá…?

— Eu comprei o teu bagulho, mas com um Rolex que eu tinha.

— E a grana você usou pra tentar pagar a dívida, é isso?

— Não, mano. — Marcos tirou a nota de cem dólares amassada do bolso. — A tua grana tá aqui. Eu pensei em ficar com a grana… *tava* precisando, se você não se importar em deixar eu ficar com a metade, claro.

Dylan tirou as mãos do volante e encostou as costas no banco do carro. Respirou por alguns segundos tentando recobrar o fôlego da maratona que tinha acabado de correr. Suspirou e olhou para Marcos:

— Se você não pagou a dívida, como saiu de lá?

— O Rolex pagaria a dívida e o teu bagulho.

— Pagaria?

— Pagaria... se ele não tivesse notado que era falso. Mas então, acho que mereço metade dessas cem pratas, não?

Dylan olhou para ele e não pensou duas vezes, simplesmente respondeu de forma direta e confiante:

— Pode ficar com toda a grana, Marcos, eu só preciso da droga mesmo.

— Que *foda,* mano! Você é *foda* mesmo! Valeu!

Marcos deu a droga para Dylan e desceu do carro. Disse que seguiria a pé por conta própria e agradeceu os cem dólares dados a ele.

Agora só faltaria uma única pessoa fazer a sua parte. Dylan ligou o carro e seguiu caminho de volta à clínica, esperando que o pedante atrás da janela gradeada tivesse o arquivo em mãos. Se não, tudo aquilo teria sido em vão.

XI
ESPELHOS

Parte I - A caixa

A cortina de fumaça, que parecia cobrir os olhos, dificultava a visão. Ela abriu os olhos lentamente, a luz branca incomodou um pouco. Piscou repetidas vezes para tentar se acostumar com a claridade do ambiente.

Elizabeth acordou desnorteada e com uma tremenda enxaqueca, não sabia onde estava e nem quando. Olhou ao redor e se assustou com o reflexo que criava um horizonte infinito. A sala estava rodeada de espelhos em todas as partes, um quadrado perfeito de espelhos em todas as paredes. O teto branco sustentava uma luz fluorescente que iluminava sem oscilações.

Ela se esforçou para sentar, o movimento a fez sentir um incômodo no tornozelo. Tateou com uma das mãos e sentiu algo agarrando o calcanhar. Esfregou os olhos e tentou olhar para perna e constatar o que estava ali; uma tornozeleira de couro envolvia o calcanhar, um cabo de aço fino estava atarraxado na tornozeleira, como se fosse uma coleira com um limitador que se estendia até uma extremidade da sala. Onde… quando? Elizabeth tentava se lembrar de como tinha parado naquela sala.

Alguns minutos depois de lutar contra a enxaqueca e a perda momentânea de memória, Elizabeth levantou e cambaleou, tentando permanecer em pé. Ela conseguiu andar alguns passos até um canto da sala e se apoiar na parede de espelhos.

Eu estava... estava com a perna quebrada... Sr. Maud? Jonathan?

As coisas vinham ressurgindo lentamente enquanto cavava um montante de cinzas que se instalara na memória. Começou a lembrar de fragmentos, embora estivesse enjoada e confusa no meio da sala de espelhos. Lembrou-se do Sr. Maud, Jeanine e também do acidente, mas não se recordou de muito após a reunião na sala de estar da família Maud.

Um alto-falante emitiu um chiado seco à esquerda de Elizabeth, o que fez com que ela olhasse atordoada para o aparelho.

— Olá, Alice. Espero que esteja se sentindo bem hoje. O café da manhã é às oito. O jantar às seis da tarde. — A voz doce de uma mulher ecoou pelo alto-falante. — Não esqueça de devolver a bandeja logo em seguida.

Alice? Que Alice? Meu nome é Elizabeth... sim, Elizabeth ou Lizzy..., mas, Alice?

Lizzy sentiu uma ânsia, tentou colocar o corpo para frente para vomitar, porém abriu a boca e um som oco saiu da garganta. Não conseguiu colocar nada para fora. Os olhos se encheram de lágrimas e o estômago se retraiu mais uma vez, como se fosse colocar algo para fora. Nada. O olhar pairou sobre as pernas enquanto ficou ali na posição de prontidão, esperando algo resolver sair. O gesso... cadê o gesso? Ela lembrou do gesso improvisado pela Sra. Pauline, lembrou das garotas e da fratura. Mas agora estava em pé. Sem o gesso e com a perna nova em folha.

Uma portinhola se abriu e uma bandeja apareceu. Algumas frutas e um copo de suco de laranja. Lizzy olhou aquilo e tentou andar até a portinhola antes se fechasse, mas o enjoo e a ânsia vieram novamente. Ajoelhou dessa vez e abriu a boca. Nada saiu.

O alto-falante chiou com alguns estalos no alto da parede de espelho. Lizzy olhou para ele e tentou falar algo. O estômago, no entanto, contraiu-se mais uma vez e ela abriu a boca para o chão. Nada saiu.

— Laranja, legumes, vidro, azul, árvore, estábulo.

A voz feminina cuspiu as palavras através do alto-falante. Lizzy ficou confusa com a aleatoriedade.

— Olá? Tem alguém aí? — Um silêncio tomou conta da sala. — Alguém me ouvindo?

A enxaqueca piorou e Lizzy se sentou no canto, com as mãos segurando as têmporas em busca de algum alívio. Ficou parada por um tempo, a furadeira de dor penetrava como uma broca enferrujada por entre os olhos, respira, respira, respira e mais uma vez o estômago resolveu se contrair, a cabeça pendeu para baixo e aquele som oco saiu pela boca mais uma vez. Nada além disso.

Quando a enxaqueca resolveu ir embora, ou pelo menos dar um breve passeio e deixar as têmporas de Lizzy em paz, outra coisa resolveu aparecer. A mente de Lizzy se deu conta do que realmente enfrentava. O cabo, a sala, a bandeja de frutas e todos os detalhes que a rodeavam resolveram falar. Uma pia em inox, uma privada, também em metal inoxidável e extremamente limpa, e um buraco na parede por onde seguia o cabo de aço, ligado a tornozeleira em couro no tornozelo. Sim, ela estava presa. Prisioneira em uma sala rodeada de espelhos.

Ela levantou e agarrou o cabo de aço, tentou forçá-lo e viu que um mecanismo com fechadura se projetava do apetrecho de couro. O cabo saía da tornozeleira e ia até um pequeno buraco na parede. Lizzy foi até lá e tentou olhar para dentro, esperando ver algo que pudesse ser útil, mas não encontrou nada além de uma escuridão mórbida.

O alto-falante chiou mais uma vez, agora nenhuma voz ditando palavras aleatórias ou tentando ser amistosa. Dessa vez, um som falhado de uma agulha entrando em contato com a superfície de um disco de vinil, uma música. Lizzy não reconheceu a canção, parecia ser algo muito antigo. A repetição de notas constantes em um violino.

— Alguém aí? — Ela olhou para o alto-falante como se ele fosse uma câmera de vigilância. — Tem alguém aí? Me tire daqui, seu lunático!

O controle dos movimentos voltou aos poucos, assim como a consciência da situação. Enjaulada como um animal. Era isso.

Okay, não vai dar as caras? Então vou arrebentar esses espelhos até você aparecer!

Lizzy foi até a bandeja e jogou as frutas e o suco no chão. Agarrou com força o objeto e caminhou até uma extremidade da sala para bater na parede de espelho. Bateu várias vezes e com toda a força que tinha. Bateu como se aquilo fosse uma das tacadas no disco de hockey. A bandeja de metal entortou com a violência que Lizzy a chocava contra o vidro, mas o espelho permaneceu intacto e deslumbrante como sempre estivera, refletia a imagem de uma garota acorrentada ao lado de uma privada e uma pia de inox.

Ela bateu mais forte, bateu até sentir os nós das mãos doerem com o impacto da quina da bandeja. Na última batida, sentiu um puxão no calcanhar que a lançou com o peito no chão. O som mecânico acompanhou o corpo de Lizzy sendo arrastada para o pequeno buraco na parede, o cabo de aço atarraxado na tornozeleira puxou a garota como um carretel de pescaria. Ela tentou se agarrar em algo, mas não havia nada para se segurar. Foi puxada até o som mecânico cessar.

— Minha Alice, vou lhe pedir para não ser tão mal-educada. — O alto-falante chiou. — Comporte-se e será recompensada.

— Meu nome não é Alice! — gritou.

Silêncio. O alto-falante ficou mudo e Lizzy se levantou arrumando os cabelos caídos sobre o rosto. Olhou para o alto-falante e mostrou o dedo do meio, novamente como se ele fosse uma câmera de vigilância.

No que Lizzy acreditava ser o terceiro ou quarto dia, a portinhola se abriu e uma bandeja com um pudim de chocolate apareceu. Durante o tempo que esteve ali, o único contato que teve, fora com a voz no alto-falante. Depois do primeiro contato com a voz feminina, a voz se limitou a dizer um conjunto de palavras específicas a cada dia. Lizzy percebeu que a ordem das palavras às vezes mudava, mas era exatamente em três conjuntos específicos:

LARANJA, LEGUMES, VIDRO, AZUL, ÁRVORE, ESTÁBULO.

MAÇÃ, CAVIAR, PALMEIRA, VERMELHO, ISQUEIRO, CUBO.

ABELHA, NOZES, ROSA, ESPELHO, COLHER, ESFERA.

A bandeja com o pudim ficou ali parada no chão acolchoado da sala de espelhos. Lizzy não se interessou pelo pudim em um primeiro momento. Não tinha o menor interesse em se deliciar com uma sobremesa na situação em que se encontrava, queria respostas. Ainda não lembrava como havia parado ali, deduzia que o Sr. Maud a teria colocado naquela sala por algum motivo, mas não sabia qual, e gostaria de saber. Pensava em Jonathan e nos pais o tempo todo, tudo que queria era sair o mais rápido daquele quarto e ir ao encontro do namorado.

Lizzy começou a chorar, deitou no chão e se encolheu o máximo que pôde, despencou em um choro soluçante. A portinhola se abriu e o pudim foi recolhido tão rapidamente que ela mal pôde ver a bandeja desaparecendo.

— NOZES, COLHER, ESFERA, ABELHA, ROSA, ESPELHO.

Mais uma parcela de palavras aleatórias foi cuspida pelo alto-falante. O chiado acompanhando o discurso desnecessário. Toda vez que o alto-falante dava um breve sinal de vida, Lizzy tapava os ouvidos. O desespero de escutar as palavras invadia o seu ímpeto de uma maneira cada vez mais excruciante.

A contagem de dias se perdeu entre o décimo oitavo e o vigésimo dia dentro da sala. Não havia nada além do silêncio e do conjunto de palavras diárias que eram repetidas pontualmente. A sensação de dormir no chão acolchoado era a pior, Lizzy sentia que estava ao relento. Sem ter onde apoiar a cabeça, começou a dormir nos cantos da sala, encostando as costas na parede de espelhos.

Ela se lembrou do último jantar na casa dos Maud. Uma mesa arrumada, as garotas sentadas ordenadamente e o Sr. e Sra. Maud dispostos nas pontas da mesa. A última coisa que lembrava era de uma taça de champanhe servida pela Sra. Pauline antes de um borrão preto invadir a memória. As pálpebras simplesmente desceram como cortinas e encerraram a ocasião.

Lizzy havia se tornado uma prisioneira de um crime do qual não sabia. A solidão começou a ser a sua única companhia no vigésimo oitavo dia, mesmo ela não sabendo ao certo há quanto tempo estava ali. O cardápio da bandeja começou a alternar, o café da manhã parecia ser servido duas vezes. Alternava-se a ordem entre o café e o jantar, fazendo com que ela se perdesse na contagem de tempo. Em algumas ocasiões se repetia o cardápio do jantar em ambos; canja de galinha e uma maçã. A canja dava a sensação de estar doente e a recorrente regurgitação do estômago "vazio" reforçava a ideia.

Além da frustração de estar perdida no relógio. Os espelhos davam a impressão de estar sendo sempre observada, por ela mesma. Lizzy se olhava com cada vez mais frequência no espelho.

A voz no voltou a aparecer, dizia saudações prontas seguidas de um tratamento formal variável:

"Bom dia, querida Alice, boa noite, minha cara Alice, boa tarde, senhorita Alice."

Lizzy, com o tempo, começou a responder a voz que a saudava. A voz se tornou uma preciosidade, uma interação social desesperada que fazia com que a garota se sentisse menos sozinha. O espelho era a sua segunda opção, quando a voz desaparecia, os monólogos surgiam. Muitas vezes se deparava conversando consigo mesma na frente do espelho. *"Olá, Elizabeth. Como vai, Elizabeth? Sim, meu nome é Elizabeth Baker, e eu sou jogadora da nona divisão de hockey no gelo da interestadual"*

A preocupação de esquecer o próprio nome fez com que ela o pronunciasse com frequência, embora respondesse ao alto-falante sempre que ouvia o nome "*Alice*".

Lizzy começou a se esquecer que estava trancada na sala, acostumou-se a arrastar aquele cabo de aço por onde andava. Sempre que a voz surgia, levantava-se e ia até o alto-falante e tentava conversar. Dizia tudo que conseguia se recordar, contava algumas histórias em busca de uma resposta, alguma interação que a fizesse se sentir um pouco viva.

A portinhola se abriu. Lizzy levantou e viu um cardápio diferente se esparramar na bandeja, um pedaço de torta de maçã e uma caneca de chá esfumaçando ao lado do pires. Um bilhete acompanhava a bandeja. Lizzy foi até ela e pegou o bilhete:

"Querida, Alice, espero que goste da fatia de torta, uma surpresa agradável te aguarda após a refeição. Com carinho, papai."

Lizzy não se atentou ao bilhete, pelo menos não ao fato de que o bilhete era do "papai", ela estava mais interessada na surpresa agradável. Queria descobrir o mais rápido possível. Ela comeu a torta e bebeu o chá como se estivesse atrasada para um compromisso inadiável. Bebeu tudo em quase uma única golada e parou embaixo do alto-falante, olhando para ele e esperando uma resposta.

Minutos depois da refeição, Lizzy se sentiu sonolenta. As pálpebras ficaram pesadas, ela ainda tentou resistir e olhar para o alto-falante, esperando que a voz dissesse algo, mas somente o silêncio a acompanhou no desalento repentino. Lizzy deitou no chão acolchoado e apagou como uma vela soprada.

Parte II - Contato recondicionado

— Alice, acorde, minha querida — a voz feminina esmaeceu no timbre adocicado. — Acorde, meu bem.

Ela abriu os olhos com dificuldade, olhou para os lados e viu paredes impecavelmente brancas. Uma mulher com os cabelos ruivos estava sentada ao lado de um homem de meia-idade.

— Que bom que está acordando — disse o homem sentado à frente. — Beba um pouco de água. Vai ajudar.

— Onde estou?

— Quase em casa, minha querida.

A mulher de cabelos ruivos olhou para ela e encheu um copo com água usando uma jarra de vidro que estava sobre a mesa.

— Nós estamos preocupados, mas vemos que você está se recuperando.

— Recuperando? De quê?

— Você não se lembra? — o homem perguntou. — De nada?

Lizzy tentou recobrar a memória, esforçou-se ao máximo, mas uma cortina de fumaça estava se dissipando lentamente dentro de sua cabeça.

— Você sofreu um acidente, querida. Perdeu a memória. Mas se lembra de nós, não é? Seus pais.

Ela olhou para a mulher e para o homem ao lado, franziu a testa e se inclinou para frente. A névoa permanecia nas lembranças e o corpo dolorido a fez formigar na cadeira.

— Meu nome é Elizabeth Baker! E vocês dois não passam de dois lunáticos! Dois malditos sequestr... — Um barulho seco interrompeu os lábios de Lizzy. Um rápido impacto a fez perder a fala.

A mulher ruiva estapeou a bochecha de Lizzy, o sangue escorreu pelo canto da boca.

— Você sabe que não deve contrariar sua mãe — disse o homem sentado à mesa.

— Ela não é minha mã... — Mais um tapa irrompeu as palavras de Lizzy.

Esse fez "pof" ao invés de "slap", mas a dor foi a mesma. As bochechas coraram e a marca do anel da mulher ruiva ficou estampada no rosto.

—Você ainda não está bem, Alice! Mas logo vai estar em si novamente... isso eu te garanto.

— Eu já disse que meu nome não é Alice, É Elizabeth. E você... eu me lembro muito bem de você, Sra. Jeanine, Ah, e do Sr. Maud. Meus pais não têm um centavo pra dar a vocês, se é isso que querem, esqueçam!

O Sr. Maud se inclinou para trás e fitou Lizzy, olhou para ela como se a garota fosse um quebra-cabeça com as peças espalhadas pelo chão. Tentou entender qual imagem se formaria quando terminasse de juntar as peças e as pôr nos devidos lugares.

— Bem, pode ser mais difícil de se dobrar do que parece, mas garanto que todos são suscetíveis ao meu tratamento.

— Nosso. Nosso tratamento — corrigiu Jeanine.

— O nosso tratamento vai fazer você ser alguém melhor, querida, em um ambiente melhor... no final terá sua melhor versão. Novos pais, muito melhores do que os anteriores. E irmãs magníficas!

— Vocês estão malucos! Se acham que eu vou concordar com tudo isso.

—Você não precisa concordar com nada. Eu acabei de introduzir a ideia na sua cabeça, agora basta ela germinar e, com o tempo, ela vai.

— Enlouqueceram... eu não tenho nada que vocês queiram, me deixem sair daqui!

Lizzy começou a se debater na cadeira, os pulsos amarrados no encosto arderam em contato com o couro. Ela chacoalhou a cabeça e gritou, usando todas as forças para se soltar.

— Alice, Alice, minha querida — disse Jeanine, com uma voz serena, esperando que de fato Lizzy se acalmasse. — Alice... minha querida, Alice!!!

Jeanine levantou da cadeira, o Sr. Maud a olhou, preocupado. Ela agarrou a jarra de vidro e o Sr. Maud temeu que ela espatifasse a jarra na cabeça de Lizzy;

— Jeanine?

Ela jogou a água gelada no rosto de Lizzy. A garota parou de gritar e olhou de baixo para cima, fitando Jeanine.

— Você... voc... — Lizzy deu uma breve engasgada com a água que havia engolido. — Você, você não passa de uma *vadia* maluca!

— Eu não sou maluca! — Jeanine segurou com força a jarra de vidro e a arrebentou na cabeça de Lizzy.

— Jeanine!!!

O Sr. Maud levantou da cadeira e segurou a esposa pelos braços enquanto o sangue quente escorria da cabeça de Lizzy. A garota olhou mais uma vez para o casal e a cabeça caiu, pesada, tocando o queixo no peito com uma batida seca.

— Ela me chamou de maluca, Leslie! Eu não sou maluca!

— Claro que não, amor, claro que não.

O som da voz do casal se esmaeceu aos ouvidos de Lizzy, a cortina preta descia devagar junto com o sangue na testa. A visão escureceu e tudo se apagou novamente.

XII
MEMENTO

O frio paralisava o controle sobre os movimentos, a tremedeira vinha em breves lampejos que tentavam controlar a temperatura do corpo. Ela estava com os braços cruzados sobre o casaco de nylon forrado. Uma touca de lã rosa carregava um bordado na testa, uma cereja costurada pela tia Lorraine. O tio Alan desceu do carro, abriu a porta e pegou Beth no colo.

A nevasca estava tomando forma, o tio Alan entrou na cabana com a garota nos braços e foi recebido pela tia Lorraine:

— Alan, ela está se tremendo toda!

— Eu sei, Lorraine, eu sei. — Alan passou a garota para o colo de Lorraine e foi até a lareira, alimentou-a com um pouco mais de lenha e estendeu os braços olhando para Lorraine. — Aqui, me dê ela… vamos esquentar essa pequena.

A tia Lorraine levou a garota até o tio Alan, os dois sentaram em frente à lareira e esquentaram a pequenina.

— Você já contou para sua tia o que aprendeu?

— O que você aprendeu, minha querida? — Lorraine olhou para a garota com o rosto iluminado pela lareira. — Conte para sua tia, conte.

— Melhor mostrarmos né, Beth? — O tio Alan levantou e agarrou um pedaço de papel e um lápis em cima da mesa. Deu o papel e o lápis na mão da garota e a observou com cuidado. — Mostre pra tia Lorraine o que você me mostrou na casa da sua mãe.

A garota pegou o lápis e lançou um sorriso para o tio Alan. Ela começou a escrever, agora com a tremedeira cessando aos poucos diante do calor da lareira. Escreveu com letras tortas e garrafais, mas escreveu com perfeição aos olhos dos tios: Elizabeth Baker.

— Muito bem, Beth! Aprendeu a escrever o seu nome. Ah, acho que merece um prêmio né, tio Alan? — Lorraine levantou e foi até a cozinha enquanto o tio saiu da cabana para buscar o resto das malas no carro.

Um pedaço de torta em um prato e um copo de leite quente caíram bem no estômago da pequena Elizabeth. A tia Lorraine ficou entusiasmada com a nova descoberta da pequena. O tio Alan voltou com as malas, acompanhado de uma pequena mochila amarela, a nevasca aumentava do lado de fora e a porta foi fechada com certa dificuldade.

— Aqui está, querida, deve estar louca pelos seus lápis de cor.

De fato, Beth estava. Ela abriu o zíper da mochila e pegou a caixa de lápis de cor, virou a folha e começou a desenhar.

— Os pais dela vão ficar quanto tempo em Boston?

— Duas semanas dessa vez, meu irmão está enlouquecendo, eu acho. Olivia foi ficar com a mãe.

— Eles brigaram de novo? Achei que iam passar um tempo juntos.

— Tempo juntos? Eles precisam é de um tempo separados, e Beth precisa ficar longe desses problemas também.

— Claro, Alan, claro. Você sabe que eu adoro ficar com a Beth aqui, só espero que ela não fique muito entediada. — Lorraine foi até a geladeira e pegou uma lata de cerveja. — Aqui, não é a sua *Lager*, mas foi o que encontrei no armazém.

— Está ótimo. Eu preciso esticar as pernas um pouco, Lorraine.

O tio Alan sentou na poltrona, mas antes alimentou um pouco mais a lareira, esticou as pernas e abriu a lata de cerveja. A pequena Elizabeth torceu o nariz quando o tio retirou os sapatos, aquele velho odor que lembrava um queijo mofado tocou os buracos da narina da pequenina. Ela esfregou o nariz e olhou para a meia do tio Alan. A meia era listrada em turquesa e branco, apesar de as listras brancas estarem encardidas e lembrarem um bege desbotado.

O cheiro a incomodou e a fez levantar e ir para perto da tia Lorraine. O copo de leite ficou perto da lareira junto com o prato de torta que estava polvilhado de migalhas. O som da nevasca, em contraste ao cheiro, agradava os ouvidos da pequenina.

— Deixe-me ver esse desenho, querida. — A tia Lorraine olhou para a folha de papel e sorriu. — Ah, que coisa linda.

— É o tio Alan, na floresta.

— Caçando?

— Sim, tia, caçando cervos.

No dia seguinte a nevasca havia se dissipado. O tio havia adormecido na poltrona ao lado da lareira enquanto Elizabeth dormira na cama com a tia. Quando levantou, o tio ainda estava roncando com uma lata de cerveja no colo. Elizabeth foi até a janela e observou o campo e a caminhonete cobertos de neve. Subiu no sofá, que estava colado na janela da saleta, apoiou-se nas almofadas e limpou o suor que pairava sobre o vidro da janela.

— Parece que alguém derramou um caminhão de açúcar lá fora, né, Beth?

Beth olhou para o tio levantando do sofá, ele estava bocejando e enrolado em um cobertor.

— É neve, tio!

— Ah... tem certeza? Mas parece açúcar derretido... deve ser açúcar, não é possível que não seja açúcar.

— Não, tio, é neve. Açúcar não cai do céu.

— Quer saber? Você tem toda razão, Beth, açúcar não cairia do céu. — O tio Alan agarrou um punhado de açúcar sem que Elizabeth percebesse e repetiu. — Açúcar não cai do céu, né? — E despejou devagar o açúcar, polvilhando a cabeça da garota.

— Ah, meu deus, Alan... o cabelo dela vai ficar todo melado! — Lorraine saiu depressa da porta do quarto e pegou Elizabeth, a garota ria junto com o tio.

— Eu tive uma ideia! — Apontou Alan. — Vou mostrar uma coisa gostosa pra você, Elizabeth... só precisamos arrumar alguns palitos.

— Palitos, Alan? — disse Lorraine.

— Palitos de sorvete!

— Ah, tá, já entendi.

No fim da tarde, Alan saiu e foi até o armazém. A tia Lorraine havia assado outra torta e agora estava ao lado da lareira lendo um livro espesso que Elizabeth não conseguia identificar. A capa lembrava a listra amarelada de chulé que se formava nas meias do tio Alan. A tia virava as folhas rapidamente, os olhos cruzavam as duas extremidades enquanto os lábios balbuciavam em um quase sussurro. A garota desenhava e observava a tia lendo o livro sentada à beira da lareira.

Tio Alan apareceu logo depois com algumas sacolas. Ele estava sorrindo enquanto colocava as compras no balcão de madeira.

— Palitos... eu arrumei os palitos, Beth. Sabe o que isso significa? — Elizabeth olhou para o tio e fez que não com a cabeça. — Significa que vamos aprontar uma coisa muito legal lá fora!

Não era preciso dizer duas vezes, Elizabeth levantou e foi até o tio, estava animada e extremamente curiosa. Estar presa em uma cabana no meio do inverno não era tão empolgante para uma criança de cinco anos.

O tio abriu as sacolas e retirou os palitos e uma garrafa com um líquido marrom dentro. A tia Lorraine chegou por trás de Elizabeth e colocou um casaco mais quente na garota. A touca de lã com cereja bordada também agraciou os cabelos da menina.

—Vamos, Beth, vamos! — O tio segurou as mãos dela e a arrastou para fora.

Há alguns metros da cabana havia uma bancada de trabalho em madeira, ela estava ao relento e forrada de neve. Os dois se aproximaram e pararam em frente da bancada. O tio Alan abriu o pacote com os palitos de sorvete e os colocou de forma ordenada sobre a bancada.

— O que vamos fazer, tio?

—Você já vai ver, Beth. — O tio pegou a garrafa de vidro com o líquido marrom e mostrou para a garota. — Isso aqui é xarope de bordo, e vamos fazer mágica com isso.

Alan abriu a garrafa e despejou o xarope nos palitos de sorvete, fazia movimentos ordenados e cobria metade dos palitos.

— Agora, a gente espera um pouco... e... mais um pouco. — O tio observava atento junto com a menina. — Agora, olhe!

O xarope se misturou e se solidificou com a neve, Elizabeth estalou os olhos ao ver a cena. O tio pegou um dos palitos e levantou a calda como se ela fosse um pirulito atarraxado.

— Aqui, querida. Prove, é bem docinho.

O cheiro do xarope era característico, Elizabeth sentiu o aroma doce fazer os olhos brilharem. Aquela surpresa era o que ela precisava. Não importava o fato de os dois estarem debaixo do frio, sobre a neve em meio ao inverno. O importante era que ela estava com o tio Alan e a tia Lorraine.

Elizabeth estava ajoelhada entre folhas secas, o tio tinha dado a volta na clareira para se empoleirar em um pinheiro logo à frente. Ela podia ver o tio sobre um suporte de poleiro na árvore a cerca de uns oitenta metros. A lente do binóculo apontava para o tio enquanto ele olhava de volta com outro par de lentes e acenava discretamente para Elizabeth. O tio não estava com o colete de caça, apenas ela. Ele fez um sinal indicando que Elizabeth deveria avançar pela direita, dando a volta contrária na clareira, ela o fez. Seguiu com cuidado, carregando o rifle nas costas e observando os arredores da floresta.

A clareira estava seca, o tio Alan continuava empoleirado com o rifle em mãos. Elizabeth já havia dado a volta na clareira e agora estava recostada em um tronco, observando com o binóculo. Alan olhou para Elizabeth e acenou mais uma vez, indicando que havia algo entre as árvores a cerca de oitenta metros, fez um sinal com as mãos colocando o dedo indicador e o mindinho para cima. Chifres. O sinal indicava que havia um cervo próximo, provavelmente na mira do tio Alan. No entanto, Elizabeth precisaria se adiantar em relação ao tiro do tio Alan.

A garota puxou o ferrolho do rifle para trás e o empurrou levemente, deixando a bala deslizar para dentro da câmara, saiu por trás do tronco e andou alguns metros até parar sobre uma árvore caída. Tio Alan olhou para Elizabeth e fez sinal como se o cervo estivesse indo na direção da garota. Ela apoiou o rifle no tronco e ficou quieta, imóvel.

O céu deu seu primeiro suspiro entre as nuvens carregadas, uma brisa fria perfurou os aglomerados de algodão e um chuvisco começou. Em breve o céu iria desabar em água. Enquanto a chuva se mostrava tímida, Elizabeth se estabelecia como uma pedra jogada em um jardim. Imóvel. *Vamos lá, eu sei que está aí*, pensou ela.

Uma camada de pelagem caramelada apontou por entre o vão de alguns pinheiros a mais ou menos uns sessenta metros. Elizabeth olhou e fixou os olhos através da luneta do rifle. Um cervo caminhava atrás das árvores. Só restava mirar e puxar o gatilho.

O tio estava observando de cima do poleiro, Elizabeth sabia disso, e tudo que deveria fazer era abater o cervo com um tiro certeiro. O dedo foi ao gatilho, o aço estava frio ao toque e a respiração da garota oscilando com os batimentos cardíacos. O cervo entrou na mira e olhou com o focinho na direção de Elizabeth, as narinas fungando e sentindo o odor da floresta úmida. Atire, Elizabeth, atire! Elizabeth podia ouvir os pensamentos do tio cruzarem a clareira, do poleiro até a bancada de tiro improvisada na árvore caída.

Atire Elizabeth, atire!

Ela puxou o gatilho, o som ensurdecedor ecoou na clareira fazendo com que os pássaros esvoaçassem para longe.

— Desculpe, tio Alan, eu não consigo.

Tio Alan desceu do poleiro e foi até Elizabeth.

—Você errou, Beth, ele estava tão perto. Como errou?

— Eu não sei, tio, acho que a minha luneta não estava calibrada.

Ela não tinha errado, o erro para ela seria ter acertado o animal. Elizabeth não conseguiria atirar no cervo, errar era uma boa desculpa. Antes a decepção do tio Alan do que a culpa de ter tirado a vida de algo.

O tio quis seguir o rastro do animal, mas sabia que a criatura já estaria a quilômetros de distância com o susto do disparo. A decepção era mascarada por um falso entusiasmo que Alan tentava estampar no rosto. A sobrinha de quatorze anos tinha errado o tiro, um tiro quase impossível de se errar com aquela distância. Apesar de estar desapontado, o sentimento se esvaiu aos poucos enquanto os dois voltavam para casa. A tia estaria esperando os dois, com ou sem cervo.

Alguns minutos de caminhada e a cabana estava ali diante dos dois caçadores fracassados. Lorraine apontou na janela por entre as cortinas.

— Eu ouvi um disparo — exclamou a tia diante da porta. — Mas não estou vendo nenhum cervo.

— Erramos..., mas acontece com os melhores caçadores. — Tio Alan respondeu à esposa. — Não se preocupe, Beth, da próxima vamos ter mais sorte.

Elizabeth esperava que o tio a culpasse pelo cervo, mas isso não aconteceu. Tio Alan podia ser parecido com o pai em muitos aspectos, mas esse não era um desses.

A lareira foi alimentada após o banho. Tia Lorraine se sentou na poltrona e Beth a fez companhia do tapete felpudo. Os tocos de madeira eram colocados um a um no fogo, tio Alan fazia o trabalho com cuidado.

— É...

— Hum? — Elizabeth olhou para o tio. — O que disse, tio?

— Não teremos neve essa semana, pelo visto.

A janela da sala estava suando com o frio, Elizabeth observou o suor escorrer no vidro e confirmou por si só, o tio provavelmente só queria puxar assunto.

— Sem xarope na neve fresca então...

— Querida, na neve não, mas nas panquecas, sim!

A tia Lorraine levantou da poltrona e foi até o balcão de madeira resinado e colocou o avental.

— Alan, Beth?! O que diabos estão esperando?

O tio olhou para a sobrinha e riu com um sorriso convidativo, ela sorriu de volta.

As panquecas ficaram prontas em um instante com todos os três com a mão na massa. Eles se sentaram em volta da lareira e a garota viu, com os olhos vidrados, a tia despejar o xarope melado na torre de panquecas. O líquido dourado caiu em cascata por entre os degraus criados pelas panquecas empilhadas. O cheiro era uma idiossincrasia que só o conjunto de panquecas e xarope de bordo resguardavam.

— Eu comi demais, tia... demais!

— Se há algo melhor na vida do que comer, por favor, me diga.

A garota deitou as costas no tapete felpudo e apoiou o prato limpo na barriga. A lateral do rosto aquecida pela chama da lareira e o resto do corpo acalentado por uma indisposição pós refeição que adorava. A jovem dormiu enquanto o barulho da brasa embalava a noite.

XIII
DOBRO

— LARANJA, LEGUMES, VIDRO, AZUL, ÁRVORE, ESTÁBULO — a voz soou pelo alto-falante. — Bom dia, Alice.

Lizzy despertou com a bochecha colada no chão acolchoado. A baba escorria pelo canto da boca e as pernas estavam dormentes. Tentou levantar de imediato, mas as pernas responderam formigando. Levou uma das mãos até as pernas, sentou e olhou para os pés somente para se dar conta de que a tornozeleira de couro ainda estava ali. Ela ainda estava naquela sala espelhada, em companhia com a única pessoa com quem ela não saberia lidar.

— Cá estamos, né, ainda, graças a você.

Lizzy olhou para o alto-falante, mas a voz não tinha vindo da caixinha suspensa. A portinhola se abriu e a bandeja com o café da manhã foi empurrada rapidamente para dentro da sala. Lizzy rastejou rapidamente para perto da portinhola esperando que alguém do lado de fora estivesse falando com ela:

— Oi? Você falou comigo? Por favor, eu tô aqui... pode falar!

Ninguém respondeu, não do lado de fora pelo menos. Ela olhou mais uma vez para o alto-falante suspenso e esperou que alguém falasse através da caixinha.

— Pare de olhar pra essa *merda* — mais uma vez a voz ecoou dentro da sala de espelhos. Lizzy procurou pela origem da voz e se atreveu a dar mais uma olhada para a caixinha suspensa.

— Típico... eu estou aqui, sua imbecil.

A garota olhou para os lados e não viu nada além do seu próprio reflexo nos espelhos. A voz estava vindo de dentro da sala ou no mínimo de dentro da cabeça. Estou ficando louca, não é possível, pensou Lizzy.

— Louca? Quem dera você tivesse audácia o suficiente pra perder as estribeiras, gata.

Ela deu um tropeço entre o rastejo e a tentativa de se levantar. Sim, ela só poderia estar ficando louca, porque dessa vez sabia que não tinha dito aquilo em voz alta.

— Não está ficando louca não, gata... só tá perdidinha, como sempre. — A espinha gelou quando ela viu. Tentou não olhar, mas era impossível de não o fazer. Olhou mais uma vez com o canto dos olhos, como alguém que não quer ser percebido. — Mesmo agora, não tem coragem nem de se olhar no espelho... — O reflexo exclamou enquanto cruzava os braços. — Olhe aqui, dona Beth.

Não, não era a sua mãe. Ela gostaria que fosse, mas não era, apesar de ser assim que sua mãe costumava lhe chamar, *"dona Beth"*. Era o próprio reflexo que perturbava sua paz agora. Era o "eu" do qual ela nunca tinha parado para prestar atenção.

Lizzy olhou para a imagem no espelho e viu o seu reflexo, a garota do outro lado do espelho. A garota a olhava fixamente.

— É engraçado, né? Olha pra você mesma no espelho e, ainda assim, não se reconhecer. — De fato, Lizzy olhava para o reflexo cintilando do outro lado do vidro espelhado e não sabia dizer se reconhecia a sua própria imagem, mesmo algo dizendo em suas entranhas que aquela não passava de seu próprio reflexo no espelho. — Vai ficar aí calada, sua monga? — A "outra" Lizzy andou pelo outro lado do espelho e desabotoou a camisa encardida, como se estivesse com calor. — Ah não vai dizer nada, né. Desculpa, não vou te chamar de monga... vou deixar você escolher: Lizzy, dona Beth, Beth, Liz... menos Elizabeth; afinal de contas você é tudo, menos Elizabeth, né? Cara, você não consegue nem fazer com que as pessoas te chamem pelo próprio nome! *Puta que pariu*, Beth!

— Eu estou ficando louca, isso não é real... não pode ser real.

— Claro que não é real... eu não sou real, ou sou?

Lizzy ignorou a "outra" do outro lado do espelho, seguiu rastejando até a pia de inox e lavou o rosto na água gelada. Abriu a torneira e colocou o rosto dentro da pia e esfregou os olhos o máximo que pôde. A torneira foi fechada e o rosto saiu de dentro da cuba respingando no chão acolchoado. Lizzy manteve os olhos fechados, secou na camisa e abriu os olhos; silêncio.

Não havia ninguém ali além do seu próprio reflexo. Lizzy chegou perto e se olhou, atenta, pestanejou e tentou balbuciar alguma palavra, mas não conseguiu. Estou delirando, é isso.Você está delirando, precisa comer, Lizzy!

Uma risada soou do outro lado da sala.

A garota olhou para trás, parou por um milésimo de segundo e tropeçou até bater as costas na parede de espelhos.

— Desculpa... eu acho engraçado que... — A outra ria, sentada na privada de inox. — Acho engraçado que nem você mesma consegue se chamar pelo nome. *"Você está delirando, Lizzy, você precisa comer, Lizzy, mimimi Lizzy"*. É engraçado e patético ao mesmo tempo.

— Quem diabos é você!? — perguntou Lizzy.

— Eu? Eu sou você, ué... ou melhor, sou aquele pedaço de você que ninguém nunca viu.

Não, não, não, não, não... você tá delirando, você tá enlouquecendo, não é possível.

— Você não está delirando... eu estou aqui mesmo, gata, quer dizer. Eu não estou "aqui..." eu estou, mas não "aqui, aqui". Ah, você entendeu, é boa em escutar, a gente sabe disso. — Lizzy virou de frente para a sua cópia sentada na privada e a olhou diretamente nos olhos. Era ela, era o clone, reflexo, cópia ou seja lá como se chamava, mas era ela. Era outra Elizabeth. — Agora sim, agora estamos começando a nos entender — disse a cópia.

Lizzy foi até a bandeja de metal e jogou a comida no chão, chegou mais perto da "outra" e lançou o objeto.

A bandeja cruzou o ar rodopiando em direção à outra Elizabeth. A esperança era que ela desaparecesse, talvez fosse atravessada pela bandeja, como aqueles filmes de terror onde o fantasma é etéreo e dá para se passar a mão por dentro dele. O que aconteceu mesmo foi inesperado.

— Não vai funcionar, *baby*. — A outra Elizabeth segurou a bandeja no ar com as duas mãos e soltou um sorriso. — Eu não vou embora, sou a sua companhia, sempre fui... a diferença é que agora você me enxerga.

— Não, não... n-não é possível!

— Possível é algo muito relativo, gata.

— Pare de me chamar assim!

— Ué, quando aquele teu namorado *merda* te chama assim você não reclama.

Jonathan, Jonathan! Lembrou Lizzy.

— Agora foi lembrar dele? Ah, por favor... aquele *bosta* deve tá morto em alguma vala por aí.

Lizzy sentou no chão e se sentiu enjoada, as coisas voltaram a ficar embaçadas na cabeça: Jonathan, o acidente, os Maud.

— Ah, claro, agora está preocupada com ele, né... como sempre, preocupando-se mais com os outros do que com você mesma, digo... com nós mesmas!

A garota continuou sentada no chão, pareceu não se importar com o que a outra Elizabeth dizia, Jonathan estava desaparecido, talvez morto, como ela tinha dito. Ela não teria como saber, teria que sair daquela sala se quisesse descobrir.

— Tá, tá, sei o que você tá pensando..., mas não vai conseguir sair agora.

— Eu preciso me livrar desse delírio primeiro, se eu quiser raciocinar direito... preciso comer, isso... — Ela levantou e foi até as frutas da bandeja, comeu rápido a maçã. O mingau derramado estava frio, ela juntou com as mãos o pouco e retornou o líquido viscoso no prato e comeu.

— Isso, coma tudo mesmo, talvez eu desapareça e não te incomode mais...

Lizzy continuou comendo, foi até a pia e bebeu água direto da torneira. A outra Elizabeth deu espaço para ela e foi até o meio da sala, assoviava e andava de um lado para o outro, esperando Lizzy acabar com aquilo.

Lizzy lavou o rosto mais uma vez e manteve os olhos fechados.

— Ela já vai embora, ela já vai embora, ela já vai embora... não é real, não é real Lizzy — repetiu incontáveis vezes. Ela abriu os olhos e percorreu a sala lentamente, olhou para todos os cantos e não viu nada além do seu reflexo, dessa vez, nada mais do que seu reflexo.

A comida talvez tivesse feito efeito, pensou ela. Agora poderia pensar direito e focar na situação.

— Ok, lembro que eu e Jonathan batemos o carro, acordei na casa dos Maud... meu Deus, Janine e o Sr. Maud me puseram aqui!

— É isso mesmo, gata.

Lizzy estremeceu e olhou para o canto da sala, a outra Elizabeth ainda estava ali, encostada na parede espelhada, roendo as unhas.

— Foi naquele jantarzinho, luz de velas... o Sr. Maud dando aqueles risinhos engraçados... Janine esbanjando carne por entre aquele decote. Eu te entendo, eu também perderia o foco com aqueles dois. Imagine só aquela mulher em cima de um homem, gemendo, com aquelas sardas saltando pra fora do sutiã. — Riu debilmente.

— Cala a boca!

— Calma, não fique nervosa... você tem que "raciocinar".

— Cala essa *porra* de boca!

— Essa é a Elizabeth que ninguém conhece! — A outra Elizabeth desencostou da parede e andou pela sala. — Agora sim vamos começar a nos entender. Mas, querida, eu não sou o inimigo aqui. Se esforce um pouquinho, tente lembrar.

Lizzy agachou perto do vaso e colocou as pontas dos dedos nas têmporas, tentou se concentrar e desviar a atenção da outra. Ela não se lembrava de como havia parado ali e nem por quanto tempo estava trancafiada, mas sabia com toda certeza que o Sr. Maud e Jeanine tinham a colocado lá. Tudo que eu preciso agora é saber o porquê.

— Ah, mas sabe o porquê... dona Beth, pelo amor de Deus... burra você nunca foi, talvez seja insegura demais pra admitir, mas é uma garota esperta.

— Eu não sou burra... e você não passa de uma projeção da minha mente.

— Agora que pegou os remos, comece a remar! A resposta está bem ali. — A outra apontou para o alto-falante suspenso na sala. — Bem ali naquela caixinha de madeira, sai por ela todos os dias.

Tá, o que diabos querem de mim... isso não é um sequestro qualquer, não se dariam o trabalho de construir isso tudo só pra pedir um resgate.

— Exatamente, e...?

— Talvez algum tipo de experiência? E não sei… não sei o que diabos está acontecendo, eu estou delirando aqui.

— Não o suficiente, ainda não…, mas, se esforce um pouco mais, dona Beth.

Pense, pense, pense, pense… pense Lizzy.

O alto-falante chiou, ameaçando soltar mais uma penca de palavras aleatórias e sem sentido. Nada saiu.

— Pense, querida… deixa-me te ajudar, vamos começar pelas coisas que viu, percebeu, mas… bem, vamos dizer que se "forçou" a esquecer.

— Me forcei?

— É, dona Beth, você é muito boa nisso… vem fazendo isso a vida toda, não seria diferente agora, né?

—Você nem existe.

— Sim… e não. Mas, vamos dizer que alguma parcela de mim, nem que seja uma minúscula, coexiste com você aí em algum lugar dessa sua cabecinha.

Lizzy se levantou e sentou no vaso de inox, precisava se sentar e se recompor de tudo aquilo. A outra Elizabeth lhe parecia cada vez mais real e familiar.

—Tá, tá… preciso é saber o que tá acontecendo… o que querem de mim. Eu preciso sair daqui.

—Vamos lembrar primeiro como você entrou aqui.

— Como eu vim parar aqui? Quando? Cadê o Jonathan… espero que esteja bem.

— *Hey,* Gata! Psiu. — A outra estalou os dedos perto de Lizzy e a olhou nos olhos. — Foco aqui, *Please*?

— OK! Tá, eu lembro do acidente… lembro de acordar com a perna quebrada… lembro de conhecer o Sr. Maud e a Sra. Jeanine.

— Lembre um pouco mais…

— Lembro de…

Ela colocou os dedos na testa e pressionou a cabeça, um limiar de dor se instalou ali.

—Você se lembra de…? — A outra olhou fixamente para Lizzy e parou em pé diante dela. — …de?

Um silêncio pairou na sala de espelhos, a outra desapareceu por um breve momento e deu lugar a um espaço muito mais amplo na mente de Lizzy. Por um momento, ela pôde pensar e repensar as lembranças de como havia parado ali.

— Eu me lembro, lembro de acordar na casa dos Maud, lembro muito bem agora. — Lizzy massageou entre os olhos com os dedos. — Eu estava com uma tala na perna... as costelas doíam, eu tinha quebrado umas três costelas, no mínimo. A perna doía sim, mas não sentia que estava quebrada, ela estava imobilizada..., mas não, não sentia como se ela tivesse quebrada.

— Você sabe bem como é ter um membro quebrado...

— Sim, eu... eu acho que já quebrei o meu braço direito...?

— No jogo dos Westside Carpenters. — A outra levantou o braço direito, mostrando exatamente onde para Lizzy. — A centroavante te espremeu contra o vitral de segurança na lateral da pista.

— Sim, sim... sim!

Lizzy se levantou e foi até a parede de espelhos à sua frente, parou e observou os olhos castanhos com as pupilas retraindo-se na luz branca.

— Dona Beth, você consegue... você é uma garota inteligente.

— Não, minha perna não estava quebrada, com toda certeza não poderia estar... disseram que eu estava há vinte um dias desacordada... não acredito que tenha ficado tanto tempo inconsciente. O que querem de mim... por que eu me deixei levar por eles?

— O seu senso aguçado de empatia, talvez?

— Como?

— Você já leu sobre isso, dona Beth, a *porra* da sua empatia... o figurão do Maud e a esposa foram simpáticos e agradáveis, qualquer um ficaria vulnerável perto dos dois. Mas, ele mexeu naquele lugarzinho que você não admite, mas adora.

— Que lugarzinho? Desembucha logo.

— Ele te chamou pelo nome, querida, te chamou de Elizabeth... e ninguém nunca te faz essa cortesia, né? Chamar você pelo nome... é sempre um apelido, uma abreviação... E, no fundo, ah... no fundo quer ser chamada de Elizabeth. Isso faz toda a diferença, vai dizer que não?

Um chiado oco saiu da caixa de madeira suspensa na sala, o alto--falante resmungou por alguns segundos e exclamou com uma voz de algodão doce:

— Boa tarde, Alice.

A outra correu para debaixo do alto-falante e estalou os dedos com um sorriso falso no rosto.

— Tchãraaan!!!

— Meu nome não é Alice. Você, mais do que ninguém, sabe disso.

— O nosso nome não é Alice..., mas será que você não percebeu?

O nome dela definitivamente não era Alice, definitivamente não era Lizzy, nem Beth, nem Liz ou qualquer outra coisa. Era Elizabeth. Mas isso não importava no momento. O que importava era que a resposta para tudo estava bem ali, naquela pequena caixa de madeira com alto-falante preto. "*Alice*", essa era a resposta.

— Você não percebeu ainda... — a outra foi em direção de Lizzy. — Você quer sair daqui, não quer?

— Eu preciso sair daqui!

— *Voilá*, dona Beth.

Mais uma vez a outra apontou para ao alto-falante. Os dedos se mexendo como se estivesse lançando um feitiço contra a caixa de madeira.

Tudo bem, a resposta estava logo ali e ela sabia, sabia o que precisaria fazer. Aquele jantarzinho onde Elizabeth adormeceu, aquele maldito jantar que havia a colocado naquela sala, trancafiada pelo casal Maud e a perfeição familiar que ecoava por entre a família. Bem, não era tão perfeita, afinal, e Elizabeth começava a pensar que talvez o acidente não fosse por acaso também.

Lizzy já se sentia Elizabeth, finalmente Elizabeth, por assim dizer. Mas é claro que a parte difícil viria naquele momento, a parte que ela, no fundo do seu âmago, sabia que era a sua única saída.

— E, dona Beth, faz tempo que você não interpreta um papel por livre espontânea vontade, nós sabemos disso... ah, como sabemos! Mas... só mais esse... só mais esse!

A outra não precisou falar qual e nem como, Elizabeth já sabia. O que ela não sabia era se ia conseguir interpretar tão bem. No entanto, não receberia os elogios, como na peça de teatro na quinta série. Era mais provável que se errasse as falas, o que viria na verdade seria um castigo incessante por parte da sra. Maud.

— É... exatamente isso que eles querem.

—Você sabe que sim... é a nossa chance de sair daqui.

Estava decidido, Elizabeth ia fazer o que era necessário. E era um preço razoável a se pagar, só precisava fazer bem feito.

A outra permaneceu ao lado dela, dia após dia. O que precisou fazer foi continuar com a conversa telepática com a nova companheira. A Outra Elizabeth estava sempre com ela, só precisava achar um lugarzinho confortável para mantê-la por perto, até não precisar mais.

Eles querem isso de você... e é assim que você vai sair, pensava Elizabeth.

No dia em que a portinhola de metal abriu, expondo logo em seguida uma bandeja com um pedaço de torta de frango, Elizabeth soube que alguma coisa estava por vir, e ela estava pronta. A garota dos cabelos longos estava pronta para fazer o que era necessário.

— Bom dia, Alice — disse a voz através do alto-falante.

Seu nome é Alice, e você é a garota mais submissa que alguém poderia conhecer. Bom, até você sair daqui, pelo menos, pensou ela.

—Você tem se comportado muito bem, se alimentado conforme o cronograma e, nós, achamos que você merece um prêmio.

A voz no alto-falante parecia animada, isso fez com que Elizabeth ficasse esperançosa e respondesse com uma complacência mascarada com simpatia.

— Sim, senhora.

Ela respondeu, como se a tivessem chamado pelo nome. Respondeu como se fosse Alice.

— Ótimo. Logo vai conhecer sua cuidadora. Espero que se comporte, como tem feito.

Naquele momento, Elizabeth se deu conta de que a voz do outro lado podia escutar o que ela dizia. Não haveria ali só um alto-falante, mas também um microfone em algum lugar da sala que dava ouvidos à voz.

— Calma, todo esse nosso diálogo só fica entre a gente... a piranha ali do outro lado não faz ideia da gente.

— Ufa... achei que a gente estava *fodida* já.

Elizabeth ficou aliviada, apesar de saber no fundo que estava muito mais que *fodida* naquele ponto. O momento era aquele, seria hoje que daria um jeito de sair daquela sala, por bem ou por mal.

A porta se abriu, uma mulher negra apareceu com uma bolsa e uma cadeira de rodas. Ela empurrou a cadeira até o meio da sala e soltou um sorriso esbranquiçado. Elizabeth tentou fazer parecer ao máximo que não reconhecia a sra. Pauline, e a mulher também pareceu entrar na dança e interpretar a cena como se nunca tivesse visto a "Srta. Elizabeth". Paul agiu como Elizabeth esperava, como se ela estivesse diante de Alice, e não da garota estropiada que ficara naquela cama.

— Boa tarde, Srta. Alice. Vejo que está muito melhor e recobrando a memória.

Paul soava mais doce do que nunca.

— Boa tarde... Sra?

— Pauline, mas pode me chamar de Paul, querida.

A Sra. Pauline levou a cadeira até o centro da sala e a deixou ali. Ela voltou até a porta e pegou uma maleta pequena e a colocou sobre a pia e arrastou a cadeira para perto. Elizabeth ficou observando com os olhos passeando entre a porta e a cadeira de rodas.

— Sente-se aqui, minha querida.

Elizabeth se sentou na cadeira sem hesitar, a Sra. Pauline abriu a maleta e retirou um pente e uma tesoura.

— Muito bem, vamos dar um jeito nessa cabeleira.

Pauline ainda sustentava aquele sorriso açucarado, Elizabeth sorriu de volta. A governanta virou a cadeira de frente para a parede espelhada e começou a pentear os cabelos da garota.

— Isso, querida. Não muito curto, acredito. Dois dedos e você estará novinha em folha.

Ela continuou penteando o cabelo da garota, Elizabeth olhava para o reflexo da porta nos espelhos, mas só conseguia ver uma parede branca de um corredor bem iluminado. A parede concretada parecia ter sido pintada recentemente e algumas lascas de reboco estavam dispostas nas juntas.

— Sra. Pauline…

— Sim, querida?

— Onde estão… — Elizabeth virou o rosto e olhou para Pauline. — Meus pais?

O tintilar da tesoura parou por alguns segundos e a Sra. Pauline olhou para ela com o mesmo sorriso.

— Estão em casa, querida, esperando pela sua recuperação. Sua mãe, Jeanine, está ansiosa para te receber de volta.

Então é isso… vamos brincar de casinha, me tornar a terceira filhinha e sermos todos felizes para sempre?

— Pronto, querida, nova em folha. Há algo que você gostaria de comer hoje? Pode escolher o que quiser.

— Pede umas batatas, hambúrguer com muito *cream cheese* e um refrigerante pra essa vadia… pelo menos isso — falou a outra, nos ouvidos de Elizabeth.

Elizabeth deu mais uma espiada na porta e na parede, ela quase podia sentir o cheiro do látex.

— Sra. Pauline, a senhora poderia pentear o meu cabelo mais um pouco?

— Ah, eu sei bem no que está pensando, dona Beth, tem certeza que está pronta pra isso?

— Claro, querida — Pauline respondeu.

A mulher pegou o pente e colocou a tesoura sobre a maleta na pia, começou a pentear os cabelos da garota enquanto olhava para o reflexo nos fios pretos.

— É agora então, agora ou nunca… vai com tudo, Beth… vai com tudo! — A outra dizia empolgada.

Elizabeth deu mais uma breve espiada na porta antes de suspirar fundo. Respirou uma segunda vez e olhou para a tesoura, a Sra. Pauline continuou penteando os cabelos dela. A tesoura prateada pareceu falar com ela naquele momento, a outra também já dizia a mesma coisa "*você vai conseguir, garota*".

Ela não pensou duas vezes, agarrou a tesoura e a cravou na coxa da Sra. Pauline. A governanta gritou de dor e o sangue quente escorreu pela lateral da tesoura. Elizabeth se levantou empurrando Pauline contra o chão acolchoado e disparou em direção à porta. Um corredor branco se estendeu diante de seus olhos, desaparecia no horizonte como se fosse interminável. E, de fato, era. Elizabeth correu e correu pelo corredor que parecia nunca acabar, ela olhava para trás o tempo todo com uma voz ecoando nos seus ouvidos: só mais um pouco, só mais um pouco.

Não era a voz da outra, nem a voz de qualquer outra pessoa, era a sua própria dizendo que tudo iria dar certo no fim.

A garota correu até as pernas começarem a perder a força e o ritmo diminuir com o suor escorrendo na lateral da testa. O corpo começou a desistir, mas a mente não permitiria. As luzes no teto perderam força por um instante e piscaram fazendo Elizabeth olhar para trás. Quando olhou para frente, uma escada estreita com degraus altos estava à sua frente. Subiu sem hesitar e empurrou com força a portinhola no fim da escada.

Ela estava lá fora, saindo encharcada de suor por uma porta de porão lateral. Porém, sabia que não estava livre, não ainda. Elizabeth olhou e viu a lateral do casarão, olhou os arredores e não viu ninguém. A garota puxou o ar mais uma vez e olhou para as pernas, pedindo que não a desapontassem. A última corrida, pensou Elizabeth.

Naquele momento, soube que teria que dar tudo de si para escapar da fazenda, era como a voz dizia nos seus ouvidos: é tudo ou nada. E era realmente "tudo ou nada" a partir dali. Ela suspirou outra vez e se colocou a correr. Correu rumo à floresta que separava a fazenda do resto do mundo, mais um pouco e estaria fora de vista.

Quase lá, quase na fronteira da liberdade, quando escutou o som das portas duplas da sacada se abrirem. Elizabeth arriscou olhar para trás e viu o Sr. Maud saindo com um cigarro na boca e um rifle de caça nas mãos.

É tudo ou nada, é tudo ou nada... corra, Elizabeth, corra!

Mais um pouco e ela faria o Sr. Maud perder a linha de tiro. O primeiro saiu zunindo, ela escutou a bala passar do lado direito, rasgando o ar em sua busca. O segundo passou mais perto e fez os olhos arregalarem, sabia que aqueles tiros eram para matar, muito diferente do tiro que usara para assustar o cervo há seis anos.

Já estava perto o suficiente da floresta, o que a fez correr mais rápido junto com os disparos que buscavam sua cabeça.

Mais um pouco, mais um pouco... não me desapontem agora, ela dizia às pernas. E mais um pouco, um pouco mais perto e mais mortal, a bala cruzou por entre os cabelos. Elizabeth sentiu uma mecha de cabelo se despedaçar no ar enquanto corria.

Ok, a próxima ele vai acertar... corra!

— No próximo tiro a gente vai se *foder* muito! Corra mais rápido, *porra*! — A voz da outra a cobrou.

As pernas dispararam com mais velocidade, os pés descalços amassando a lama com os dedos cravando em aderência, com medo de que um escorregão colocasse tudo a perder.

Um tiro cruzou a lateral do rosto mais uma vez, mas dessa vez pôde ver a bala espatifando um tronco à frente. Ela estava a vinte metros da floresta quando um último tiro resolveu sussurrar para ela.

Elizabeth sentiu um clarão nos olhos e um nó na garganta. Caiu deslizando na lama, em seguida parando imóvel no lamaçal. Sentiu o líquido quente escorrer pelo pescoço, não sentia dor alguma, mas começava a engasgar com o próprio sangue. O tiro havia atingido uma vértebra, com toda certeza. A garota não correria mais.

Elizabeth escutou os passos aproximando-se, pisoteando a lama cada vez mais perto. Olhou para cima e viu a figura do Sr. Maud com um revólver na mão direita, ele olhou para ela e balançou a cabeça.

— Você não me serve de nada assim, não vale o trabalho.

Ele mirou o revólver na cabeça dela e apertou o gatilho.

Não, não vai ser fácil... não vai ser simples, pelo contrário... vai ser mais complicado do que você imagina... *Hey*, acorda.

Elizabeth levantou como se tivesse se erguido do túmulo. Olhou para o lado e viu a outra "Elizabeth" encostada na parede de espelhos.

— Eu acho que agora, pelo menos, você entendeu uma coisa... não estamos em um conto de fadas e, não, não vai sair por aquela porta e lutar com unhas e dentes pela liberdade. Você teve sua vida toda para fazer isso.

Ela colocou a mão no pescoço para verificar se havia algo ali enquanto a outra falava, mas não havia sinal de ferimento.

— Deixe de ser estúpida... isso só aconteceu na sua cabeça, bom... eu mostrei pra você enquanto se preocupava em ignorar tudo que está acontecendo aqui.

A garota levantou e olhou para a sua versão copiada e disse:

— Então me diga... diga o que eu preciso fazer.

A outra desencostou da parede e sorriu por uns instantes até soltar um risinho.

— Não é o que você precisa fazer. É quem você precisa ser... dona Alice.

XIV - ELEANOR

— Naila… Naila!

Onde é que você se meteu? Pensou ela.

A garota deu a volta na cerca e procurou por entre os arbustos enquanto a mãe terminava de empacotar as malas na cozinha. O céu se escancarou com um punhado de nuvens, e a garota se apressou com medo de que a chuva logo caísse.

— Naila!!! — gritou mais uma vez.

Ela deu a volta novamente na cerca e foi até a porta da cozinha.

— Mãe, você viu a Naila?

— Não, querida, pergunte ao seu irmão.

— Já perguntei… ele não sabe também.

Quando Susan voltou ao jardim, Naila estava lá parada como uma estátua, no meio das plantas encarando o vazio. A garota não achou aquilo incomum, como dizia o pai: "a pequenina pode ver coisas que nós não podemos". Mas apesar de achar isso uma baboseira, ver a gata de estimação parada daquele jeito lhe dava calafrios.

— Aí está você! Vamos… já estamos quase saindo. — Susan agarrou Naila no colo e a levou até a caixa de transporte.

O irmão mais velho estava batendo uma bola de basquete na frente da garagem, Susan tentou apressá-lo, mas foi ignorada. No entanto, ela sabia que as horas de viagem fariam o garoto rebelde abrir a boca no banco de trás, cedo ou mais tarde.

O pai estacionou a minivan de ré na frente da garagem e abriu o porta-malas. A mãe de Susan saiu pela porta da frente da casa carregando uma mala grande, que tinha uma rodinha quebrada.

—Vai chover, mãe... vai chover.

— Como sempre, fazendo a leitura do tempo, Srta. Susan? — A mãe olhou para ela e sorriu. — Me ajude com essas bolsas.

O irmão colocou a bola de basquete na traseira da minivan e foi para dentro de casa, Susan resolveu fazer o mesmo e pegar o resto das suas coisas no quarto. Lá, uma mochila azul e um livro esperavam por ela, agarrou as coisas e embarcou na minivan.

Naila estava dormindo quando cruzaram os primeiros duzentos quilômetros rumo a Connecticut, o irmão escutava uma fita cassete no toca fitas e vestia uma camiseta preta com a estampa desbotada do Led Zeppelin. A gata persa da família parecia não se importar com a viagem, continuou dormindo dentro da caixa depois dos trezentos quilômetros, Susan achou agradável o fato da bichana estar confortável em uma viagem tão longa, pois se sentia cada vez mais nauseada a cada quilômetro.

— Nós podemos parar, quando pudermos? Eu preciso ir ao banheiro.

A mãe e o pai não escutaram Susan, os dois conversavam enquanto o pai dirigia e apontava para os lados da estrada, falavam ao mesmo tempo como se estivessem brigando, mas Susan sabia que esse não era o caso. Era simplesmente aquele jeito característico do casal: falar alto, rápido e ao mesmo tempo.

— *Hey*, eu preciso ir ao banheiro!

O irmão não ouviu, nem mesmo Naila se deu ao trabalho de reclamar, a gata não se incomodou e continuou dormindo.

— Gente! Eu preciso *mijar*!!!

— Susan! — Os pais pararam e responderam em coro.

— Eu preciso ir ao banheiro! Podemos parar quando der?

— Claro, filha, acho que... bem, talvez tenha um posto de gasolina nos próximos cinquenta quilômetros.

Cinquenta quilômetros, tá bom... cinquenta quilômetros segurando. Na velocidade em que o pai de Susan dirigia, cinquenta quilômetros significava uma espera desagradável, até mesmo para ela, que se acostumara às longas viagens.

A família chegou em um posto de gasolina que ficava ao lado de uma lanchonete de beira de estrada. Pararam ali e Susan finalmente pôde se aliviar. Susan colocou uma coleira em Naila e caminhou com ela até os banheiros que ficavam na lateral da lanchonete. A gata foi junto, no colo. O banheiro feminino não se parecia nada com os banheiros de beira de estrada que Susan estava acostumada, aquele era estranhamente limpo e organizado, sem privadas entupidas ou presentes deixados devido as caixas de descarga estar com defeito. Aquele banheiro era um achado no ramo de banheiros de estrada.

Susan sentou na privada com Naila no colo, ficou conversando com a gata enquanto se aliviava. Quando a porta da entrada do banheiro se abriu, ela ficou quieta. Uma mulher entrou e parou na frente dos espelhos, Susan pôde ver por entre a fresta da porta e, viu que a mulher tinha os cabelos ruivos. A moça cantarolava uma música enquanto retocava o batom. Susan se esforçou, mas não pôde ver o rosto da mulher.

Naila resolveu falar, miou como se quisesse ser notada pela moça. Susan se assustou e se recompôs no vaso sanitário, a mulher logo notou a presença.

— Puss, Puss, Puss... bichano, bichano — chamou a moça ruiva.

Susan não soube o que fazer, deu descarga e saiu do banheiro como se não tivesse ouvido a moça chamar pela gata.

— Oh, querida. Que susto que me deu. Achei que tinha um gatinho perdido aqui no banheiro.

— Desculpe, moça, não queria te assustar.

— Não se preocupe, qual o seu nome, querida?

— Susan.

— Muito prazer, Susan, eu me chamo Jeanine.

Susan olhou para a moça e sorriu, ficou ali encantada ao olhar para a mulher que tinha o rosto cheio de sardas. Naila também pareceu estar enfeitiçada, a gata vidrou os olhos e ficou paralisada no colo da garota, olhava fixamente para a figura à frente.

— E quantos anos tem, Susan?

— Faço quatorze na semana que vem.

— Que maravilha. E onde estão seus pais, querida?

— Logo ali, na lanchonete, eu acho.

Jeanine sorriu e terminou de passar o batom nos lábios. Olhou para Susan e depois para Naila. A gata manteve o olhar fixo em Jeanine e se manteve imóvel, pelo menos até Jeanine tentar acariciar a felina. Naila sibilou como uma serpente para ela e pulou do colo da garota.

— Naila!... desculpa... — Susan saiu disparada atrás da gata.

A gata correu para trás da lanchonete e se esgueirou para dentro de um monte de caixas de madeira e algumas garrafas velhas. A garota foi atrás sem pensar duas vezes. Chamou por Naila repetidas vezes, mas a gata não quis sair de jeito algum.

— Naila! Vamos logo, saia daí... temos que ir.

Susan enfiou as mãos no abarrotado de caixas e tentou agarrar a bichana, mas ela correu mais uma vez, trespassando um amontoado de ferro velho que se estendia na parte de trás do posto de gasolina.

— Droga, Naila!

Susan resolveu ir até o carro e trazer a caixa de transporte. O irmão e os pais estavam na lanchonete quando Naila correu para o amontoado de peças e partes sobressalentes de carros que formavam um emaranhado de aço enferrujado. A garota abriu a caixa de transporte perto de onde Naila tinha se esgueirado. Aos poucos, a gata saiu do ferro velho e se enfiou na caixa. Susan fechou a caixa e ficou aliviada por um instante, até ouvir mais uma vez o sibilo da gata e sentir um desagradável tecido envolver a boca. Em segundos, Susan apagou com o cheiro forte de álcool.

— Ela está desacordada ainda... tome cuidado.

— Traga a caixa.

Susan despertou sem abrir os olhos, escutou o miado de Naila junto do som de grilos e outros insetos noturnos que gritavam ao redor. A gata continuou miando enquanto Susan sentia o movimento que a fazia sacudir nos braços de alguém. Estava sendo carregada no colo e esperou que fosse o pai que estivesse fazendo o trabalho, mas algo dizia a ela que esse não era o caso, ainda que ela não se lembrasse de nada.

— Cuidado... preste mais atenção, não quero que derrube ela.

— Estou fazendo o possível, querida.

Susan abriu os olhos e viu o céu estrelado acompanhar o queixo de um homem. Um cigarro pendia na boca e algumas baforadas de fumaça saíam de forma intermitente da boca do sujeito. O cheiro trazia novamente a náusea que experimentara dentro da minivan da família.

— Leslie? — Jeanine olhou para o marido e arregalou os olhos.

A garota deu um chacoalhão e saltou do colo em fuga. Maud agarrou os cabelos da garota e a segurou. Susan gritou com a sensação dos fios sendo puxados do couro cabeludo.

A mulher das sardas e dos cabelos ruivos se aproximou da garota, andou até ela, como se estivesse recebendo uma visita. Jeanine colocou a caixa de transporte no chão, Naila sibilou mais uma vez e ficou agitada dentro da caixa.

— Calma, querida... tudo vai ficar bem.

— Onde estão meus pais...?

— Bem aqui, querida... bem aqui. — Jeanine abriu um sorriso e olhou para a caixa de transporte. — Você vai se comportar, não vai?

Naila sibilou mais forte e soltou um miado como se quisesse falar a mesma língua dos demais.

— Minha querida, Eleanor... você vai ser boazinha, não vai?

Susan olhou para Jeanine sem entender nada.

— Eu não sou Eleanor... meu nome é Susan.

Os fios de cabelo foram puxados mais uma vez, dessa vez mais forte. Maud segurava o cabelo da garota com uma das mãos e continuava a fumar o cigarro, fazendo nuvens de fumaça pairarem sobre a cabeça dela.

Susan olhou ao redor e viu um homem saindo do casarão à frente. O homem era enorme aos olhos da garota, os ombros largos projetando-se para os lados como se ele estivesse usando uma ombreira de futebol.

— Querida, você não se lembra ainda, mas seu nome é Eleanor... logo vai se recordar de tudo.

Jeanine olhou para a caixa e agachou enquanto Naila se agitava. Ela estendeu a mão e colocou os dedos por entre as grades para acariciar a gata. Susan observou a cena e sentiu um pavor percorrer as entranhas.

Naila parou de sibilar e ficou parada por alguns segundos dentro da caixa, os dedos de Jeanine se aproximaram e ela se encolheu para o fundo da caixa, encolheu-se como uma serpente faria caso se sentisse ameaçada. Mais um pouco e ela poderia dar o bote.

— Puss… puss… aqui, queri… ai! — Jeanine arrancou com força a mão de perto da caixa de transporte.

Um filete de carne pendeu pelo dedo e o sangue começou a escorrer. Jeanine se levantou e chutou a caixa com força, fazendo com que ela rolasse por alguns metros com Naila dentro. Susan entrou em desespero e puxou os cabelos de Jeanine com força, arrancando uma grande mecha de cabelo da mulher, que retribuiu com uma bofetada no rosto da menina.

— Leslie, eu não quero esse animal… livre-se dessa coisa.

Leslie olhou para Fletcher e, sem dizer uma única palavra, o cão de guarda de ombros largos compreendeu o que deveria fazer.

Susan começou a chorar, desesperou-se e começou a implorar diante do casal.

— Por favor… façam o que quiserem comigo, mas deixem ela em paz… por favor!

A garota começou a soluçar, o choro escorria pelo rosto e a expressão de tristeza tomou conta. Jeanine se aproximou e a olhou nos olhos, tentando confortá-la.

— Minha querida, você não sabe ainda, mas, a dor… a tristeza… o sofrimento… essas coisas não passam de uma travessia. Precisamos passar por essas coisas. Você vai ver.

Fletcher pegou a caixa com Naila dentro e começou a caminhar.

— Fletcher… espere — disse Jeanine.

Susan parou de chorar por um instante.

— Faça aqui.

— Jeanine? — Leslie olhou para a esposa, sem entender.

— Ela precisa deixar as coisas para trás, Leslie. Não concorda?

— Mas, talvez não seja… talvez não seja uma boa ideia.

Fletcher ficou ali parado com a caixa na mão, a gata miava e olhava para Susan, como se esperasse que a garota abrisse a portinhola e a abraçasse.

— Bobagem, sabe bem que as coisas devem ficar para trás… você mesmo já bateu tantas vezes nessa tecla, tantas vezes, Leslie…

Leslie olhou para Jeanine e tirou o cigarro da boca, segurou forte nos braços de Susan e assentiu com a cabeça para Fletcher. O carrasco da família colocou a caixa de transporte com Naila no chão. Susan olhou para Leslie e implorou para que eles não fizessem aquilo: "por favor, Senhor, não deixe ele matar a minha gatinha".

O céu começou a desabar em uma chuva torrencial que lavou o choro soluçante de Susan, a brasa do cigarro de Leslie acompanhou o estado de espírito da garota e se apagou. O carrasco olhou para a caixa e Jeanine subiu os degraus da sacada e parou ali no deck de madeira para se abrigar. Susan amoleceu quando viu o carrasco do casal puxar a faca da bainha, que estava atarracada no cós da calça. A gata olhou para Susan através da grade da caixa e miou uma última vez, algo que soava como uma última indagação ingênua, *"por quê?"*

A faca entrou pela lateral da caixa, Susan pôde ouvir o barulho do plástico rasgando e a lâmina perfurando a pele de Naila. As duas gritaram em coro, porém uma delas logo parou de gritar com o último sopro de vida debaixo da chuva.

Susan sentiu seu corpo derreter por entre os braços de Leslie, a chuva continuou a lavar as lágrimas da garota junto com o sangue que escorria da caixa de transporte. O carrasco puxou a caixa pela alça e saiu pela chuva e Susan viu a pelagem molhada de Naila apontar por entre os vãos da grade, naquele momento a menina se deu conta de que realmente ela tinha ido embora, para sempre.

XV
PARCIMÔNIA

Rebobinando a fita

Estar na estrada por um tempo tem lá seus pontos positivos, ainda mais quando se está sozinho atrás do volante, agarrando a direção e alternando sua atenção entre seus pensamentos e o cuidado com a estrada. Em alguns quilômetros você se permite apreciar a paisagem, diminuir a velocidade e sentir o vento entrando pela janela, perdendo-se em memórias, devaneios e, em algumas situações, momentos de clareza.

Bob acreditava que o som do motor ajudava nesse trabalho rítmico de catexia, a concentração de toda força dos pensamentos em um determinado objeto ou de um problema que ele pudesse vir a solucionar. Ritmo, essa era a palavra, e era exatamente isso que Bob desejava encontrar, ritmo.

Em contraste a isso, o porta-luvas do carro guardava a ironia de toda essa ladainha pessoal, em algum momento Bob deixaria de se concentrar no ritmo do motor e abriria o porta-luvas em busca do frasco de remédios que sempre o acompanhara. As pílulas que controlavam a arritmia, no final das contas, fariam o trabalho de reajustar e manter o "ritmo".

William abriu a porta do carro e lembrou Bob de que, apesar de toda a nostálgica sensação que a estrada lhe trazia, não estava sozinho naquela viagem.

— Com creme e sem açúcar — disse William. — Correto?

— Isso mesmo. — Bob pegou o copo de café e deu a partida no carro.

Mais alguns quilômetros rodados e nada que levasse os dois ao paradeiro de Susan. Bob começou a pensar que talvez tivesse perdido o tato, talvez não pudesse solucionar o paradeiro, talvez William tivesse que assumir e dar rumo à procura.

— E agora... para onde?

— Bem, o que temos até agora... o que temos até agora não parece nos levar para lugar nenhum.

— É... o cara do posto onde ela sumiu estava mais perdido do que cego em tiroteio.

— Até eu ficaria perdido com uma garrafa de whisky embaixo do balcão, William.

— E mais essa. Bom, pelo mapa... eu diria que temos mais dois postos de gasolina nos próximos trinta quilômetros, depois disso é bater de porta em porta e perguntar pela garota.

— É o que você sugere? — disse Bob, tirando os olhos da estrada e fitando William por alguns instantes.

— Eu não sou o cara das sugestões aqui. O que você faria se estivesse no meu lugar... digo, o que faria se fosse inexperiente como eu?

Bob ficou em silêncio e continuou dirigindo. O pé no acelerador oscilava e a velocidade do carro pareceu construir um gráfico que parecia sair de um telão qualquer da bolsa de valores. William percebeu os altos e baixos, mas se ocupou em beber o café.

— Vamos até a próxima parada, pode ser que tenhamos sorte... apesar da sorte nunca ter me levado a lugar algum.

— Tente ser um pouco mais otimista... temos que achar a garota.

— Seis meses desaparecida... nenhum vestígio, nada que nos indique a *porra* de um caminho.

Os dois pararam no próximo posto de gasolina, Bob desceu do carro, dessa vez, e foi até a bomba de gasolina. Os ponteiros da bomba estavam descascando e a ferrugem no sopé fazia parecer que estava esfarelando no tempo.

Will foi até a loja de conveniência e falou com uma garota no caixa, Bob pôde ver o rapaz mostrar a foto de Susan, assim como a expressão recorrente com que se depararam ao longo do caminho, uma expressão negativa e confusa que perdurava dentro da cabeça de Bob nos quilômetros seguintes.

Alguém deve ter visto, ouvido ou percebido algo, não é possível, pensou Bob.

Bob sentiu como se estivesse trancado em uma caixa de madeira, uma maldita caixa onde poderia arranhar e arrancar lascas das paredes com a unha, no entanto nenhuma luz adentraria a claustrofóbica caixinha de madeira. É isso então? Fim da linha?

— Fim da linha...

— O que disse? — perguntou Bob.

— Essa é a última parada, segundo a garota do caixa... o mapa diz ter mais duas paradas até a fronteira do estado, mas segundo ela, essas paradas foram desativadas há uns dois anos, no mínimo.

— Vamos dar meia-volta então... vermos o que encontramos pelo caminho.

Bob olhou para o ponteiro da bomba enquanto falava e desejou que ele se mexesse para um dos lados, que indicasse o caminho e lhe desse algo para acreditar. Em retorno, Bob daria ao ponteiro o prazer de levar a apofenia em consideração e seguir na direção que ele lhe desse.

— Talvez possamos parar em algumas propriedades no caminho... não sei, perguntar para quem deixamos passar e talvez tenham visto algo.

— Ou talvez seja hora de economizarmos os palpites e deixarmos esses "talvez" de lado. Talvez, Susan já esteja morta... — disse Bob.

— E Talvez ela esteja por aí, esperando que alguém a encontre... ainda que todo o resto tenha parado de procurar... não podemos perder a esperança, Bob.

Mais uma olhada no ponteiro da bomba, uma fixa olhada para o ponteiro vermelho que descascava, e Bob se deu conta de que ele não ia se mexer a menos que ele pegasse o bico de abastecimento e apertasse o gatilho. E era isso que ele precisava fazer, não com a bomba de combustível, mas sim com a mente. Bob precisava apertar o gatilho para que o ponteiro começasse a se mexer, sair dos "talvez" e apontar para uma direção

— Nós vamos voltar..., mas não vamos parar de porta em porta perguntando pra esses caipiras se "viram" alguma coisa. Metade dessa gente não sabe ou não quer falar sobre nada... são ignorantes demais para se importar com o que dois estranhos querem saber quando batem à sua porta.

— Aponte a direção... e eu vou te seguir, chefe.

— Vamos até o restaurante onde Susan sumiu... desta vez, as pessoas vão abrir o bico... pode apostar que vão.

Os dois seguiram direto, sem paradas e sem enrolação. Rumaram para o ponto de partida onde as perguntas começaram, a lanchonete de beira de estrada que adornava o posto de gasolina com o montante de ferro velho nos fundos.

William encostou o Chevelle 1972 no lado direito do posto de gasolina, encheu o tanque na bomba e decidiu se arriscar com mais um jogo básico de perguntas e respostas com o mecânico local.

O velho Bob acendeu um cigarro e parou diante da lanchonete, esperava que a velha fachada pudesse abrir uma boca enorme no letreiro e todo aquele metal retorcido rangesse em tons que pudessem ser interpretados: "*a garota está ao norte de Connecticut, viva e amordaçada em um porão*". Mas isso nunca iria acontecer. Talvez se ele desse uma baforada em um cachimbo de heroína junto com os viciados do beco da vizinhança do escritório, mas era outra coisa que nunca iria acontecer.

Já era noite, o mesmo pessoal do turno noturno estava trabalhando e, por mais que parecesse bobagem, interrogar novamente as mesmas pessoas parecia ser a única alternativa. Essa seria uma maneira de esperar até o amanhecer e interrogar o pessoal do turno da manhã.

Uma garçonete ranzinza ficava a cargo de preencher as canecas de café, mesmo que o número de clientes pudesse ser contado nos dedos de uma única mão, ainda assim ela fazia questão de revirar sutilmente os olhos toda vez que era requisitada.

William entrou e sentou ao lado de Bob, olhou para a garçonete e acenou com as mãos. A mesma revirada de olho ocorreu e a "tia ranzinza" veio capengando com a jarra de café preto nas mãos.

— E esse é o plano... — disse William.

Mais uma caneca de café servida e a garçonete parecia ter se livrado por alguns instantes do trabalho.

— Alguém do turno da manhã deve ter visto alguma coisa... algum sucesso com o mecânico?

— Nah, nada. Ele disse que acompanhou tudo de perto, mas isso quando os policiais chegaram e a mãe já estava em desespero.

— O mais engraçado é que uma adolescente de treze anos desaparece em plena luz do dia... junto de gata dentro de uma caixa. Alguém teria que ter visto algo.

— Se todos por aqui forem como a dama do café ali... estamos perdidos.

— Vamos torcer para que não seja o caso.

Mais algumas horas e o sol apontou por entre a janela, a garçonete jazia com o queixo apoiado na palma da mão e William pôde jurar que um fio de baba iria escorrer entre os dedos da mulher antes do próximo cliente entrar.

Um ônibus de viagem parou no estacionamento da lanchonete, pelo menos umas vinte pessoas desceram e amarrotaram a entrada do local. William viu os olhos da garçonete quase virarem para trás da cabeça quando o navio de lata atracou ali.

— Era bem o que precisávamos — resmungou Bob. — Um bando de caipiras pra atrapalhar.

— Vamos torcer para que caiam fora antes do pessoal do turno da manhã chegar.

Mas Bob sabia que dificilmente isso aconteceria, se dependesse da "tia ranzinza", logo ali, as vinte pessoas demorariam no mínimo três horas para serem atendidas, sem exagero. A enrolação perduraria até a outra garçonete chegar e a mulher dos olhos revirados cair fora.

— As pessoas não mudam...

— Bob?

— Sim, Will.

— O que disse?

— Acho que estava pensando em voz alta.

As pessoas não mudam, de fato. Bob sempre acreditou que o estereótipo mesquinho da humanidade era regado com grandes jatos de egoísmo e cinismo. Tudo isso disfarçado com uma falsa simpatia e um sorriso amarelado. Não importava quando e nem onde, o modelo básico do manequim de carne falante era sempre o mesmo: medíocre.

—Você acha mesmo que as pessoas não mudam, então? — disse William.

Bob olhou para a fila de caipiras que se aglomerava na lateral do ônibus e deu um sorriso.

— Pela minha experiência... o frasco do refrigerante sempre muda, mas o conteúdo ainda é sempre o mesmo... uma mistura de sabor com enganação e veneno que borbulha na garganta.

— Então as pessoas não mudam, de fato.

— Filho, elas mudam de cor, de cabelo... algumas mais altas, outras mais gordas, com ou sem dinheiro... elas ainda são as mesmas. Os mesmos modelos, como as camisas que você encontra em uma boutique qualquer. Elas podem variar de cor, de estampa e até a altura da gola, mas você sempre vai encontrar coisa parecida em qualquer outra loja de departamento.

—Você perdeu a esperança na *porra* da humanidade, isso sim, Bob.

— Pode ser, mas acho que vivi o bastante pra tirar minhas próprias conclusões.

— Ali... Morgan, não é? — William apontou para a garota do lado de fora.

A garota chegou em um Chevrolet de segunda linha, o uniforme estava amarrotado, como se ela tivesse dormido no banco traseiro do carro. O cabelo loiro, por sua vez, parecia ter sido lambido pela mãe e os brincos de argola compartilhavam quase o mesmo diâmetro de um aro de bicicleta. Era a garota do turno da manhã.

— Pat, eu acho que é Pat Morgan... pelo que me lembro.

— Isso... vamos lá, antes que ela assuma o turno e passe o resto da manhã servindo esses caipiras.

— Eu já disse tudo que eu me lembro... pra falar a verdade, não sei mais o que querem que eu diga.

— Qualquer coisa, Srta. Morgan, qualquer coisa que ache relevante... um detalhe, por mais idiota que pareça, pode nos ajudar.

— Sendo sincera, não cheguei sequer a ver a tal garota... quando o pessoal se deu conta, a mãe da menina já estava chorando e vinte minutos depois a polícia apareceu.

Bob deixou que William conversasse com a garota na esperança que a semelhança entre as idades gerasse algum tipo de empatia entre eles. Era o que podia ser feito, ter esperança de que a Srta. Morgan lembrasse ou soltasse algo que fizesse a diferença.

— Não, não é isso que eu quis dizer com "certamente você sabe de algo..."

— Parece que você acha que eu estou escondendo algo!

— Não, Srta. Morgan, não foi isso que eu quis dizer.

William olhou para a garota e deu de ombros, como se fosse desistir de argumentar.

A alguns metros dali, um cheiro de graxa dominava o ar, era aquele cheiro que Bob conheceu bem quando serviu o seu país, a diferença era que naquele momento não era ele que estava debaixo de um jipe enlameado. O mecânico ainda estava sob a caminhonete vermelha que vazava óleo. Bob pegou o bloco de notas e olhou o nome: Jimmy Hudson – o mecânico do posto: ???

Ele foi até o mecânico para dar mais uma chance do velhaco se lembrar de algo sobre o dia do desaparecimento de Susan.

— Me diga como viver, acho que é isso, não é?

— Desculpe? — perguntou Bob.

— Ele te deu uma vida, só não te disse como viver ela, não é? — O mecânico deslizou por debaixo da caminhonete, deitado na prancha com rodinhas. — O cara lá de cima...

— Realmente... o cara lá de cima não deixou um manual de instruções.

— Quem dera deixasse. Olha, se vai me perguntar novamente sobre a garota que sumiu eu já vou falando; não vi nada!

— Eu sei, eu sei..., mas, parece que meu parceiro ali... bom, ele deixou uma lacuna em branco aqui. Não quero ser um velhote chato, mas... bem, eu queria repassar o dia em que a garota sumiu. Talvez tenha algo que você tenha ouvido... ou achado estranho.

— Olha, meu chapa, esse motor aqui não vai se refazer sozinho... nem o cara lá de cima vai descer pra mexer nele por mim.

— Eu imagino que não — disse Bob, com uma cara de *cu* e sem saber o que dizer.

— Olha... — O mecânico levantou da prancha e limpou as mãos em um pano esfarrapado. — Vamos fazer o seguinte, meu chapa, você me paga uma cerveja na Debbie's e eu tento te falar tudo que eu lembro daquele dia...

— Às sete e meia da matina... quem dera eu ter os rins funcionando assim...

— Uma gelada, pra dar uma acordada. — Sorriu o velho Jimmy Hudson.

O ônibus já tinha ido embora e a garçonete, que se arrastava pelo salão com a jarra de café, parecia ter sido varrida do local. A lanchonete da Debbie estava vazia de novo. William puxou a cadeira e se sentou junto com Bob e Jimmy Hudson.

— É... e foi basicamente isso, sem nada demais — disse Jimmy.

— Ok, vamos repassar só mais uma vez.

— Outra vez, meu chapa?

— Moça, traga mais duas cervejas bem geladas, por favor. — William entendeu o que Bob queria e se adiantou.

— Ahhhh... — Jimmy coçou a cabeça. — Tá certo... vamos lá.

O depoimento do velho Jimmy Hudson

— Não que eu seja um maldito de um santo, mas vamos lá, de novo. Eu dormi na oficina, acho que era a segunda noite seguida, por causa da *porra* de um radiador... um compartimento de água do radiador imundo e cheio de ferrugem na água, o dono da porcaria do carro estava me enchendo o saco, sabe como é... ou você faz rápido e barato, ou demora no serviço e ele sai mais barato ainda. Então, eu tinha que limpar aquela *merda* toda pra que a bomba d'água não fosse pro saco também. Mas vamos lá... vou começar do começo;

"Eu acordei por volta de umas seis e meia, tinha tomado umas e assistido um filme na tv da oficina. Depois disso, fui pra fora pra cuspir e dar uma mijada ali atrás da pilha de ferro velho, é... eu não sou muito fã de banheiros e, nada melhor do que dar uma mijada olhando pro céu, eu prefiro, acostumei assim. Então comecei a mexer no radiador do chevy, passei a manhã toda sob o capô do carro, desparafusando, tirando ruelas e botando a mão na massa."

"Sim, desmontei a *porra* toda em uma manhã... eu precisava lavar tudo e tirar aquela sujeira do compartimento, mas antes parei pra almoçar na Debbie's."

— E como foi o movimento, digo... o movimento por aqui durante a manhã. Algo diferente? — perguntou Bob.

— É, dá pra gente dizer que foi um dia *tínpico*, sem nada demais... pouca gente, alguns carros parando para os motoristas fazer uma boquinha ou dar uma mijada, mas nada muito diferente do que eu já vi por aqui.

— Típico — corrigiu Willian.

— *Tínpico* — Jimmy insistiu no erro. — Eu almocei e logo voltei pra debaixo do capô. Terminei de mexer na porcaria era umas duas da tarde. Nada de estranho, não, meu chapa... não tinha nada de estranho naquele dia. Sim, eu vi quando o carro daquele pessoal chegou, a garota saiu do carro com um gato e foi direto pro banheiro.

— E depois? Você a viu saindo de lá? — perguntou Bob.

— Não vi não, meu chapa. Eu lembro que depois que a menina entrou no banheiro eu comecei a prestar atenção numa coisa que não se vê muito por aqui.

— No quê? — indagou Bob.

— É... era uma coisinha maravilhosa, o tipo de coisa que a gente não vê muito por essas bandas, se é que me entende... era um pedaço de mal caminho, rapaz!

— Uma mulher, você quer dizer?

— Mulher? Não, não, meu chapa. Aquilo era um pedaço de paraíso, uma baita de uma gostosona, dessas que a gente vê nas fitas de sexo de seis dólares... uma Marylin Monroe da autoestrada. Eu até pensei em chegar pra dar um alô. Mas o patrão tava ali, fumando um cigarro e esperando a senhora dele sair do banheiro. A mulher parecia uma música do Roy Orbison, tudo que uma mulher daquela quiser, ela tem.

— Patrão... o marido dela, é isso?

— É isso aí, chapa, o "patrão" da "patroa".

— Ok, ela entrou no banheiro... você a viu entrar e depois sair? E a garota? — Bob parecia com pressa.

— Nah, não dava pra esperar... e nem valia a pena, eu só ia ficar babando na patroa do sujeito e, de qualquer jeito, ela não ia olhar pra um velhote cheio de graxa. Então resolvi sair pra buscar uma peça pro Chevy na cidade.

— E não viu mais nada? Depois disso, não teve nada que se lembre, até você sair?

— Olha... lembrando agora, tem algo aqui que acho um pouco esquisito.

— Continue Sr. Hudson, qualquer coisa ajuda.

— O "patrão", bem... o dono da patroa ruiva que entrou no banheiro... ele também não era do tipo que a gente vê muito por. Era bem ajeitado, mas parecia um cão de guarda, não liguei muito... se for pra parar pra pensar, eu digo... se eu tivesse um mulherão daquelas eu também ficaria de guarda por aí. Ah, mas esse parecia estar bem preocupado... e estava de olho em tudo. Lembro agora, lembro que passei de carro e o sujeito me deu uma encarada. Mas era daquele tipo de encarada que tá sondando o que *ocê* tá pensando na *caixola*, sabe? E o carro... o carro do "patrão" era um Galaxie 500... modelo com capota de lona, eu já fucei um desse na juventude... um baita de um carrão!

— Então, era um casal... você se lembra de como era a mulher? Exatamente como ela era?

— Oh, se lembro, meu chapa. Ruiva, com aquele rosto enferrujado e estava com um vestido verde.

— Cabelos longos?

— Longos e ruivos, cobreados... parecendo punhado de fio de cobre do painel de um Ford.

— Parecendo um punhado de fio de cobre. Anotado.

A Srta. Morgan, a garçonete do turno da manhã, não sabia de nada sobre um casal com aquelas características, ela lembrava de ter tirado uma pausa para fumar um cigarro perto das duas da tarde, como de costume, mas não tinha visto nada do tipo.

Era algo com o que recomeçar, ser excêntrico ou andar em um Ford Galaxie por aí não era crime algum, mas talvez fosse o bastante para Bob e William darem uma sondada.

Bob encheu o tanque do carro, fumou um cigarro e revisitou o velho bloco de notas para conferir as anotações sobre o que havia. O que tinham, na verdade, era a descrição de uma mulher ruiva que entrou no banheiro logo depois da jovem Susan. A gata da família entrou com ela, de coleira. A caixa de transporte estava no carro e a família não lembra de ter visto Susan sair com a caixa no momento em que todos desceram.

Ele não sabia o que fazer e começou a crer que, talvez, o instinto estivesse tão enferrujado quanto o rosto da mulher ruiva. A mesma mulher que provavelmente tinha sido a última a ver Susan.

— Bob.

— Sim, William?

— Se importa em dar uma carona pra esse carinha aqui? Se formos pro mesmo lado que ele, é claro.

Bob olhou para o garoto e deu uma tragada no cigarro, em seguida jogou a ponta no chão e apagou com a sola do sapato.

— Saímos em dez minutos, garoto.

XVI
ÚLTIMA PARADA

— Viu só, foi algo simples… não foi?

"Simples" era só uma questão de opinião, Eric sabia como ninguém que, na verdade, nada na vida era simples, principalmente quando alguém te diz que é. No entanto, arriscou-se a usar um discurso tão ludibriante quanto o pai.

— Eu não quero falar sobre isso. Bom, eu tenho algo que você quer… e eu espero que você tenha o que eu quero também — disse Dylan, com aquele olhar que só um agiota saberia fazer.

— Me custou um dedo quebrado, mas sim… tá aqui a *porra* do teu arquivo — respondeu Eric, mostrando a pasta de arquivo na mão.

Dylan ergueu as mãos para pegar a pasta, mas Eric puxou e olhou para ele com o mesmo olhar de agiota, como se uma dívida devesse ser paga o mais rápido possível.

— Cadê o meu bagulho, carinha?

— Tá aqui… tá aqui o seu "bagulho".

Eric pegou o pacote e deixou o arquivo cair para fora da janela. O garoto observou o viciado desaparecer na janela e não dizer um único obrigado, simplesmente evaporou. O importante era que ele havia cumprido a palavra e tinha o que precisava.

Dylan saiu dos arredores da clínica e apertou o passo quando viu que um enfermeiro de jaleco encardido estava observando-o. Talvez ele tivesse visto o escambo que acabara de ocorrer na janela, ou só estivesse suspeitando. O enfermeiro chamou o garoto loiro andando a passos largos na frente da clínica, mas Dylan não parou, correu para o carro e caiu fora dali.

— Parece que se passou um século desde que a gente se viu… estou doendo inteiro, meu corpo parece que vai rachar ao meio, preciso de você, preciso… de… você.

Eric abriu o pacote e o isqueiro caiu sobre da cama junto do envelope pequeno de heroína. Abriu o rolo de papel alumínio com cuidado e observou pela janela pequena de vidro da porta, preocupado, apesar de saber que os enfermeiros que perambulavam pelos corredores não perdiam muito tempo naquela ala.

— É isso aí… só mais um p-pouco… abre tudo…

A tremedeira foi embora segundos após Eric esquentar o papel alumínio e inalar o vapor da heroína. O pó amarelado derreteu sobre o calor do isqueiro e a sensação de alívio foi instantânea. Ele caiu na cama e amoleceu com uma sonolência aconchegante, estava em transe, extasiado com o efeito.

Ele estava novamente de mãos dadas com a velha amiga, arrastando-se com a velha sensação de conforto. Estava confortavelmente entorpecido. Quais as chances de alguém aqui estar usando algo dentro desses quartos malditos? Pensou ele.

— Eu preciso usar mais… mais… antes que algum filho da puta entre aqui e tente tirar você de mim…

Mais uma vez, então, ele acendeu o isqueiro e esquentou a droga, inalou e amoleceu na cama. O estômago começou a revirar e alguns espasmos internos causaram uma náusea excruciante. Ele apagou e acordou algumas vezes, sentiu como se os desmaios fossem rápidas piscadas de olhos, segundos dentro da escuridão. Desmaiou até anoitecer.

— M-mãe? É você?

Ele desmaiou outra vez. Acordou e sentiu o estômago revirar.

— M-mãe… m-ãe… O papai me fez ser assim… — Eric olhou para a mulher no canto da sala, era realmente a sua mãe. — Me desculpe, eu não consigo ficar sem…

Ela se aproximou de Eric e sentou ao lado na cama, os olhos verdes cintilando e observando o filho.

— Está tudo bem, filho. Seja como quiser ser, eu não me importo... ainda vou amar você no dia seguinte.

A boca de Eric ficou seca e os lábios azulados, sentiu sede, como se tivesse comido uma colherada de sal, mas ainda assim não bebeu água. Olhou para o rosto da mãe e viu ela acenar com a cabeça enquanto acariciava o seu cabelo.

O papel alumínio estava preto, mas havia um rolo inteiro e algumas boas gramas de heroína ainda para Eric torrar, era exatamente o que ele pretendia fazer. Mais uma baforada naquele vapor que levantava do papel alumínio, alguns desmaios e delírios e o corpo amolecendo para dentro do colchão do quarto, era disso que ele precisava.

— Eu não vou deixar ninguém pôr as mãos em você... pode crer que não, *baby*... não vou deixar...

— Por onde esteve, querido? — perguntou a Sra. Waldrich.

— Fui atrás... de uns livros, alguns livros na biblioteca da cidade... passei o dia lá.

Dylan olhou para a mãe e segurou o arquivo sob os braços, ela olhou em retorno, mas agiu como se não tivesse visto.

— Que bom, querido. O jantar está quase pronto, torta de frango.

— Eu vou pro meu quarto... se você não se importar.

— Tudo bem, mas desça daqui meia hora, quero que me ajude a pôr a mesa. — Ela olhou para o garoto e passou os olhos sobre o arquivo.

Dylan subiu as escadas para o quarto. Era a hora de dar uma boa olhada no arquivo e descobrir o que pudesse sobre L. Maud. A investigação continuava para o garoto de dezesseis anos, perseguindo o tal "*Leslie*" como uma tiete atrás de uma estrela de rock.

Ele abriu o arquivo e começou a ler. A foto do "Dr. Maud" em preto e branco no topo da página mostrou a complexão de um jovem que parecia ter saído da puberdade meses atrás. O Dr. era completamente diferente do que ele imaginara, claro que Dylan sabia que muito teria mudado no rosto do jovem doutor desde aquela foto, mas ainda assim, não era como imaginou.

O arquivo não era longo, poucas páginas registravam alguns dos pacientes do Dr. Maud e alguns poucos relatórios. As últimas páginas tinham marcas de queimado, como se alguém tivesse posto fogo e apagado logo em seguida. Dylan leu com cuidado e repetidas vezes o arquivo que parecia uma edição da Reader's Digest em tamanho família. Não havia nada que indicasse o paradeiro do Dr.

— Querido! Venha me ajudar... o jantar está quase pronto — gritou a Sra. Waldrich.

— Estou indo!

Dylan continuou lendo até encontrar um relatório que firmava uma informação entre colchetes: "[PÓS INCIDENTE]". As páginas seguintes eram carimbadas e assinadas por um tal de Dr. Mark Baltimore, junto à assinatura do próprio Dr. Maud.

— Dylan!

— Estou descendo, mãe!

O garoto não entendeu metade do que estava no relatório, alguns pareceres e relatos sobre a psicoterapia de pacientes, incidentes esporádicos e picos de agressividade entre uma sessão e outra. Mas nada realmente interessante aos seus olhos. Só o Dr. Maud poderia lhe dizer o que ele queria saber. Dylan queria mais do que palavras em um papel ou memórias ao vento.

O que lhe restava era um número de telefone no rodapé da página, escrito à caneta com o recado: "*Entrar em contato com o Dr. Mark 203-200-1688, transferência de pacientes da ala 8 e ala 12 e 13 (o paciente da ala 12 – Quarto 6 recebeu alta – VERIFICAR MEDICAÇÃO).*"

— Dylan Carter Waldrich, se não descer agora, vou te trazer aqui pelos cabelos!

Ele rasgou o pedaço de papel com o número de telefone e desceu o mais rápido que pôde.

— E, então, não quer nos contar o que anda aprontando nos últimos dias? — perguntou a Sra. Waldrich.

A fatia de torta estava fumegando no prato de porcelana, o Sr. Waldrich comia em silêncio, como sempre.

— Dylan? — perguntou a mãe, mais uma vez.

— Nada demais, indo a algumas bibliotecas... procurando e sondando algo diferente para ler.

— Hum — resmungou ela, escavando o pedaço de torta com o garfo.

O pai acabou o pedaço de torta, limpou a boca com um guardanapo e olhou para o garoto.

— E você poderia me dizer como acrescentou, magicamente, quinhentos quilômetros no marcador do carro? Só indo e vindo em "bibliotecas e livrarias"?

Conte a verdade, conte a verdade... conte a verdade... conte a verdade... bom, metade dela... só a metade. Pensava ele.

— Bom... acontece que... uma das livrarias que fui... fica em Boston...

— Boston?! — berrou a mãe.

— É-é... Boston, mãe... mas

— Tá... deixa eu ver se eu entendi, Dylan, você foi até Boston por causa de um livro? Um livro? — perguntou o Sr. Waldrich.

— É...

A mãe largou o garfo e tirou os pratos de porcelana da mesa.

— E cadê esse livro? Posso ver o responsável por fazer meu filho dirigir até Boston, sem me dizer nada?

Dylan foi até o quarto e pegou o exemplar de capa alaranjada do Dr. L. Maud e levou até a mesa. O pai pegou o livro com a mão esquerda e observou a capa. Parou por alguns segundos observando o título e depois passou os olhos por cima da contracapa.

Uma análise pouco equilibrada, levando em consideração que o resumo da obra se encontrava na contracapa. Dez segundos com o olhar sobre o título, dois segundos olhando para uma pequena coluna de texto, que resumiria em poucas palavras: "Isso aqui se trata disso".

— É isso? — O pai olhou para Dylan, apontando para o livro. — Psicologia, filho?

— É... p-psicologia...

— Acho que deve de estar curioso... deve ser a idade, mas... olha, psicólogos só servem pra uma coisa: cuidar da vida dos outros pra não terem que cuidar das próprias.

— Isso não é... n-não é bem verdade, pai.

— Tanto faz... já que tem coragem de ir até Boston pra pegar um livro... me faz um favor, vá até o Benny e me traga uma caixa de cerveja.

A Sra. Waldrich olhou para o pai com uma expressão de repúdio e disse:

— Cerveja só aos sábados, John.

— O Senhor me perdoará no domingo, mulher. Agora, vá lá, Dylan.

Dylan levantou e foi até o porta chaves para agarrar a do carro. O pai interrompeu:

— Não, não. Vá com a bicicleta... tá proibido de usar o carro durante o resto do mês, rodou mais do que eu rodo em um ano!

— OK...

A loja do Benny estava vazia, sem uma única alma. O garoto encostou a bicicleta e foi direto ao freezer, agarrou uma caixa de cerveja e pagou. Benny escutava uma fita-cassete com os fones de ouvido, não deu a mínima para a presença de Dylan.

O garoto pegou a bicicleta e enganchou a sacola com a caixa de cerveja no guidão. Mais uma pedalada de cinco quilômetros e estaria de volta, em casa. Dylan olhou para a cabine telefônica vazia, a lâmpada oscilando prestes a queimar.

— É, não custa nada tentar... quais as chances de o sujeito estar há quase vinte anos com o mesmo número?

O papel amassado no bolso estava nas mãos enquanto segurava com a outra o telefone. Discou o número e esperou.

— Está chamando!

O tom de chamada seguiu, uma longa espera, até uma senhora atender.

— Alô? — disse uma mulher com uma rouquidão na voz.

— A-alô... é, é da residência dos Baltimore?

— Sim... quem fala, por favor?

— Meu nome é Dylan... eu, bem, tô procurando por Mark Baltimore... Dr. Mark Baltimore.

— Ah... quer falar com meu Bout... só um instante, querido.

Dylan esperou pacientemente até uma voz se projetar e tomar forma no outro lado da linha.

— Sim?

— Dr. Mark Baltimore?

— Já não me chamam assim há algum tempo, com quem falo?

— Desculpe, meu nome é Dylan. Dylan Waldrich. E-eu... bem, eu peguei o seu número com o Instituto Braidford.

— Braidford? Sério? Bom, fico surpreso de liberarem qualquer informação. Mas, pode dizer... garoto? Pela voz, deve ter a idade da minha filha.

— Eu procuro o Dr. Leslie Maud, eu queria fazer... u-uma entrevista com ele sobre algumas de suas obras. Você tem ideia de como eu posso encontrá-lo?

— Hump... Leslie, hein? Olha, garoto... eu realmente não nutro qualquer contato com ele, principalmente depois do incidente. Posso dizer que um dia fomos grandes amigos..., mas... bem, como disse, não temos uma relação.

— Incidente?

— Sim, no Braidford... é, na verdade, no lugar que hoje é o Braidford. Mas antigamente costumava ser uma clínica modelo para os "noviços". Era a clínica Abraham Westfield.

"Para continuar falando por mais cinco minutos, insira cinquenta centavos..."

— Droga. — Dylan pegou uma moeda o mais rápido que pôde e enfiou no telefone

— Alô? Alô?

— Desculpe... estou ouvindo, Sr. Baltimore.

— Ah... ok!

— Você dizia sobre o "incidente".

— Ah, sim, como eu dizia... — Um breve silêncio. Pôde-se ouvir ao fundo da ligação o som da brasa do cigarro queimando. — Depois do incidente, o Dr. Leslie caiu fora da clínica... não queria mais nada com nada.

— Mas o que aconteceu exatamente?

— Um incêndio... uma ala inteira da clínica torrou. Na época eu bem me lembro, Leslie estava atendendo uma paciente de quatro anos... a garota era uma incendiária patológica, piromaníaca.

— *Pera*, ela colocou fogo em tudo?

— Eu aposto que sim, garoto. Mas não ficou nada comprovado na época, aliás... não acharam o corpo da garota. Meu palpite é que ela fugiu durante o incêndio.

— E o Dr. Maud?

— Ele caiu fora depois disso. Eu fiquei por alguns meses no que restou da ala leste. Mas decidi voltar pra Boston depois. Não valia a pena continuar ali.

— Você tem alguma ideia de onde ele está agora?

— Pra ser sincero, garoto. Eu não sei... O que sei é que ainda recebe o Boston Times na mesma caixa postal de sempre. Talvez consiga saber por onde ele anda se for até lá...

— Boston Times?

— É... um colega "nosso" do tempo da faculdade é redator no Boston Times... e ele disse, bem... até o ano passado pelo menos, que o velho Maud ainda assina a Boston. E, garoto, me faça uma gentileza, ok?

— Claro Sr. Baltimore.

— Não diga que você soube dele por mim... ok?

— ...

Dylan deslizou a mão no bolso como uma serpente para pegar outra moeda. Outra tragada longa com o queimar de brasa foi ouvida na ligação.

— Garoto, tome cuidado... não sei em que pé anda Leslie.

— Não sei se entendi...

— Só tome cuidado, garoto.

— Mais um pouco... antes que eles te descubram aqui, vou fumar mais um pouco... só mais um pouco.

A tremedeira não apareceu, mas os espasmos continuaram dentro do estômago de Eric. O vômito lavou os ombros enquanto estava deitado, de lado, na cama. A mãe continuava ali, ao lado do filho.

Eric deitou no colo da mãe por alguns instantes e deixou que ela acariciasse seu cabelo. O cheiro podre de macarrão infestou a sala quando vomitou novamente. Ele se levantou e foi até o espelho de metal, que jazia fixado na parede. Os lábios estavam cada vez mais azulados e rachados. Tentou beber um gole de água da torneira, mas colocou tudo para fora.

— Tá certo, vamos lá outra vez.

O rolo de papel alumínio estava amassado. Eric pegou um pedaço e rasgou um pequeno quadrado no papel e jogou sobre o que tinha sobrado da heroína.

— Onde está a *porra* do isqueiro... — Puxou o cobertor para o lado e achou o isqueiro largado no emaranhado do lençol. — Aí está você, seu filho da *puta*.

A pedra do isqueiro fez um estalo e a chama queimou a base do papel alumínio. Eric viu o pó borbulhar e tragou o vapor, inspirou fundo e revirou os olhos.

— Mãe... e-eu... acho que vou dormir...

Virou de barriga para cima e observou o teto por algum tempo até apagar. Quando acordou, estava se afogando no próprio vômito e convulsionando. O frio tomou conta do corpo e a luz da janela se apagou aos poucos como cortinas fechando.

Na manhã seguinte, o enfermeiro abriu a porta. O corpo estava no chão, gelado e esbranquiçado. A enfermeira chefe foi até o quarto e só observou o balançar em negativo de cabeça do enfermeiro que verificava o pulso de Eric.

XVII
CONVERGÊNCIA

—Essa é a nossa casa, o lugar onde pertencemos, essa... é a nossa casa!

Ela apontou a carabina e puxou os dois gatilhos. Pôde-se ouvir o estrondo a quilômetros de distância. O corpo caiu estatelado no chão. A boca se encheu de sangue e o buraco no peito começou a vazar como um cano de água furado.

"Uma única vez para sentir o que é verdadeiro. Um sopro, uma lâmina, um momento sozinho, isso é tudo. Estamos entrelaçados na lacuna situada entre o real e o irreal. Conectados com o que nos coloca no ponto de partida e nos leva à linha de chegada.

Lar, então, é apenas um substantivo inócuo quando a identidade é o reflexo de uma transição malsucedida entre o real e o simbólico."

Anônimo.

A casa estava vazia, os empregados foram dispensados há três dias. Somente a Sra. Pauline e Fletcher restaram. Era difícil para Elizabeth estar à mesa com Maud e Jeanine.

As garotas agora a chamavam de "*Alice*", e isso não era nenhuma maravilha. Elizabeth tinha voltado à peça de teatro que interpretara quando tinha oito anos de idade. A "outra" havia ido embora, mas uma voz se manteve em Elizabeth. Ela dizia: "Continue no papel, você saberá a hora de sair".

— Alice? — disse a voz açucarada do outro lado da mesa. — Está tudo... bem?

— Está sim, Eleanor.

— Então... — interviu Maud. — Agora que está conosco novamente, minha querida, tomei a liberdade de preparar uma aula de pintura a óleo no gazebo. Acho que seria bom para você e as garotas.

— Claro, papai.

Elizabeth seguia o roteiro: "Alice no país do casal louco". As garotas pareciam estar seguindo também. Agora restava a dúvida, elas estariam interpretando ou realmente tinham ingressado na nova identidade proposta pelo casal de aberrações? Elizabeth não saberia dizer, não era boa em ler as pessoas.

— Você não está com fome, Alice? — perguntou Jeanine.

— Desculpe, mãe, estou um pouco enjoada.

A Sra. Jeanine Maud abriu um sorriso quando escutou "mãe" sair por entre os lábios da querida Alice.

— Ah, minha querida. Não precisa comer se não quiser.

Joan estava ao lado de Elizabeth, comia como se a "nova irmã" não estivesse ali. Os cabelos estavam desamarrados e caíam sobre a mesa.

— Querida, me passe os aspargos, por gentileza — pediu o Sr. Maud.

— Claro, querido.

— Estou tão feliz com o seu retorno, Alice — disse Eleanor. — Papai tinha dito que você demoraria um pouco para se situar, lembrar das coisas... depois do acidente.

— Sim... realmente não lembro de muita coisa e, pra ser sincera... algumas coisas estão "enevoadas" na memória — respondeu Elizabeth.

— Completamente normal, querida — Disse o Sr. Maud. — Algumas coisas e pessoas lhe parecerão estranhas..., mas tudo voltará ao normal com a habitualidade. Isso é consequência desse estado letárgico em que esteve. Mas é importante que continue com os remédios.

— Claro, papai. Eu entendo... Mudando de assunto. Como você está, mamãe?

Jeanine paralisou os talheres no prato e demorou alguns segundos para encarar Elizabeth, mas respondeu com um olhar fixo na garota:

— Eu estive preocupada com você, querida. Afinal, é para isso que servem as mães, para se preocuparem com o bem-estar dos filhos. Sofro quando minhas meninas sofrem.

— Eu imagino, mamãe.

Controle o tom de voz, ainda não é a queridinha da mamãe, pensou Elizabeth.

Joan terminou de comer antes de todos. Pediu para se retirar da mesa e foi para fora da casa. O Dr. Maud não se importou.

Após o almoço, todos foram para a sala de estar. Pauline serviu a sobremesa e todos comeram, mas não antes de Jeanine verificar o que seria servido. Nada de gelatinas, essa era a nova regra da cozinha.

Após uma breve leitura, Maud saiu para fumar na varanda da casa. Jeanine foi para o quarto deixando Eleanor e Elizabeth sozinhas na sala. Eram as duas, completamente sozinhas pela primeira vez. Elizabeth hesitou em perguntar algo a Eleanor, pensou em jogar qualquer elemento subjetivo na esperança que a fizesse confessar. Algo que fizesse a garota dizer que também estava interpretando um personagem pelo simples capricho da sobrevivência.

— O que você me conta de novo, irmã? — disse Elizabeth.

— Não tenho muitas novidades, Alice. Sei que não se lembra, mas por aqui estamos fadadas a livros e pincéis. Bom, a mamãe voltou a costurar… passa a maior parte do tempo na frente da máquina de costura. E você… ainda sente dor ou algum desconforto?

— Não… estou bem melhor. Na verdade, não me lembro muito bem do acidente.

—Você bateu o carro em uma árvore, quebrou uma perna e ficou desmaiada por umas duas semanas, eu acho.

Duas semanas? Eu devo ter ficado no mínimo dois meses naquele quarto espelhado. Talvez aquelas aberrações tenham tirado a noção de tempo da coitada.

— Ah… eu me lembro de algo assim. Acho que me lembro de algo sobre a estrada estar interrompida, ou algo assim.

— Sim! Bem, uma árvore imensa tinha caído…, mas pelo que sei, Fletcher já deu conta disso. Essa manhã eu o vi saindo de carro. Depois voltou com os jornais da semana.

Então o caminho está livre, só preciso de uma brecha e de um carro pra cair fora daqui. Ela maquinava.

Apesar de Elizabeth estar traçando planos para fugir do conto sombrio em que se encontrava, restava um impasse nada trivial: onde estaria Jonathan?

CONNECTICUT - 40 QUILÔMETROS DA PROPRIEDADE DOS MAUD

— Dylan, certo? — perguntou Bob.

— Isso!

— Bem, Dylan. O que tem pra me dizer sobre Connecticut. O que temos acontecendo nas redondezas?

Dylan arregalou os olhos e deu de ombros antes de responder:

— Bom, acho que o mesmo de sempre... exatamente nada, nada acontece por essas bandas.Vocês não são daqui?

— Não, estamos a trabalho. Procurando uma pessoa, sendo honesto contigo, atrás de uma certa pessoa.

— Entendi.

— E qual é a do livro? — Bob apontou com o cigarro através do retrovisor para o livro no colo do garoto.

— Na verdade, também estou atrás de uma certa pessoa... o autor deste livro.

— Ah, um fã! — disse William.

Bob abaixou todo o vidro da janela e lançou o cigarro na estrada. William tinha assumido o volante na parada da lanchonete. Ele olhou para o garoto no retrovisor e refez a mesma pergunta do posto de parada:

—Você desce onde, garoto?

— Pode me deixar perto da rodovia mesmo, eu digo quando, só preciso parar nos correios e tentar pegar o endereço do Dr. Maud.

— Dr. Maud?

— Sim, o autor do livro. Ele recebe o Boston Times em uma caixa postal. Tenho esperança de conseguir o endereço, gostaria muito de conversar com o Dr. Maud.

— Dr. Maud?

— Sim, ele é um psicanalista. Pelo que descobri até agora, largou tudo e se isolou por essas bandas. Me deparei com dois dos livros dele por pura sorte.

— Um psicanalista, isolado no meio de Connecticut. E... ele parece ser muito reservado, pelo que você me diz. — Bob olhou para William com aquele olhar questionador, parecia dizer "o que acha disso?". —Você disse que ele recebe o jornal de Boston em uma caixa postal?

— Exato. Eu mesmo iria até lá, mas estou sem poder dirigir.

— Não é problema, pelo jeito... é caminho. Nós te deixamos lá. Ok? — disse Bob.

Eles pararam o carro em um pequeno conjunto comercial. Dylan foi até a pequena agência dos correios enquanto William e Bob entraram em um minimercado.

— O que acha disso? É um pouco fora da curva, um psicanalista isolado nesse fim de mundo, não acha?

— Olha, não conheci muitos psicanalistas na vida pra dizer onde encontrá-los..., mas, aqui não é o tipo de lugar onde eu esperaria acordar de manhã e ver o meu vizinho "Sr. psicanalista escritor de livros" saindo para colher jornais na caixa postal mais próxima.

Bob foi até a seção de enlatados, pegou uma lata de tomates e olhou o rótulo que dizia: "Agora na versão sem pele"

— Eu não sei, William. Mas acho que vale a pena dar uma olhada nisso. Apesar de, no momento, achar que devíamos ir atrás da tal moça ruiva.

— Bom, de qualquer forma... estamos perdidos. Vamos lá, a gente leva o garoto até a casa do tal doutor, damos uma conferida no tipo... claro, manteremos a distância. O que me diz?

Bob colocou a lata de volta na prateleira antes de responder:

— Não custa nada... claro, se o garoto conseguir o endereço.

— E se não?

— Se não... então veremos o bom William usar a sua lábia no agente dos correios.

— Vá se *foder*, velho.

— O que disse que era dele mesmo?

— S-sobrinho... sobrinho.

A garota do balcão abaixou os óculos e deu uma bela olhada em Dylan. O decote suado desabotoou o segundo botão quando ela se inclinou:

— Acho que esquisitice é de família — disse a garota.

— Desculpe?

— Nada, garoto. Vou anotar o endereço... se, e somente se... o senhor me prometer não dizer que foi eu quem lhe passou o endereço. Já tenho problemas demais... e a julgar pela figura, você pode muito bem ser mais um dos filhos perdidos do Maud.

Fácil assim? Achei que seria mais complicado. Mas acho que às vezes só é preciso pedir.

— Você o conhece, então?

— Conhecer? Não, não... eu não conheço *nadica*. E outra... eu só estou aqui nas quintas... coincidentemente é quando o esquisitão do "homem-armário" vem buscar o Boston times.

— Homem... armário?

— É... o empregado do Maud... ele esteve aqui pela manhã, aliás. Se você cruzar com uma caminhonete Ford cinza... é ele. Então... — A garota se recostou de novo na cadeira. — Aqui está o endereço, e... lembre-se... eu não disse nada!

— Trato feito, moça.

— Hey, hey... não pode estacionar aí... hey!

A garota levantou e saiu da agência de correios. Dylan ficou com o pedaço de papel e pensou: é isso? Só isso? Pedir e sair?

— Você não pode estacionar aí, cai fora... Billy... Billy, venha aqui, Billy.

Dylan saiu da agência e viu um rapaz com um colete jeans e cavanhaque loiro chegar com os punhos fechados. A semelhança entre a garota dos correios e o rapaz era visível.

— Esse *merda* aqui não quer tirar a *porra* do carro dele daqui... Billy... Billy? Caralho, Billy!

Bob saiu do minimercado com uma bandeja de cafés e viu a cena. Algumas pessoas saíram para fora, curiosos.

— E por isso eu digo. — Bob apontou para a cena. — Há dois tipos de pessoas nesse mundo.

— E quais seriam? — perguntou William.

— Nós... e eles.

— Perdedores e vencedores... eu diria.

— É... só não descobri ainda qual dos dois eu me enquadro — disse Bob.

William olhou para Dylan, saindo de dentro da agência de correios e observando a confusão se instalando no estacionamento:

— Se em cinquenta e seis anos ainda não conseguiu descobrir... então acho que ainda pode demorar mais um pouco. Vamos... o garoto já saiu.

Dylan foi até o Chevelle e observou o adesivo do Patriots colado na traseira do carro.

— Hey, garoto. Não sabia do que você gosta, então peguei um Latte, ok? — disse William.

— Ah, obrigado.

— E então? Teve sorte?

— Bom... estranhamente, sim.

— Mais fácil do que imaginava, né... — Disse Bob.

— É... foi só pedir...

— Algumas coisas são simples, garoto... já ouviu falar da Navalha de Ockham?

— Ah, lá vamos nós... de novo... — resmungou William.

— Olhe, rapaz, isso é muito útil. Pode não levar a sério, mas é uma coisa para se levar pra vida.

— Tá, tá... é que eu já ouvi tantas vezes esse discurso. Tá parecendo um disco riscado, Bob.

Dylan achou a dupla engraçada, mas não ousou perguntar sobre o tópico. Queria ir até o Dr. Maud, fazer as perguntas da sua lista mental e, com sorte, receber alguma centelha de empatia do estimado autor.

— Continuando... a navalha de Ockham...

— Argh, vou comprar um chocolate... já volto e a gente cai fora daqui.

Bob deu uma golada no café, pensou por um instante e olhou para o garoto:

— Então, a questão da navalha... tá eu li em algum lugar, não sei dizer os mínimos detalhes. Mas, um monge franciscano desenvolveu essa teoria... de que, na maioria das vezes, quando temos um número de proposições... geralmente a mais simples é a correta... algo do gênero. O ponto é que, quase sempre a gente procura uma resposta complexa pra certos problemas, ou coisas que acontecem, mas às vezes é mais simples do imagina, garoto. Então... às vezes é "só pedir"

— Eu acho que já ouvi falar disso... Stuart Mill?

— Oh... o utilitarista inglês, vejo que anda fazendo o dever de casa, hein.

— Eu gosto de ler, no geral... um pouco sobre tudo — disse Dylan, bebendo um gole do Latte.

— Olha, se você fosse um pouco mais velho, eu te colocaria pra trabalhar comigo... um garoto que lê de tudo um pouco é quase como ter uma enciclopédia falante.

— É verdade, não disseram com o que trabalham, estão procurando alguém, isso eu sei.

— Somos investigadores, garoto... estamos atrás de uma garota desaparecida.

— Susan Manson?

—Você realmente lê de tudo.

— Quando ela sumiu... era o assunto do momento, mas aqui as coisas ficam velhas rapidamente. Principalmente quando diz respeito a estranhos.

— E tem algo que você se lembra, digo... de quando ela sumiu, alguma coisa... algum boato?

Dylan olhou para o copo de café antes de responder:

— Eu queria poder ajudar. Mas como eu disse, as coisas ficam velhas rapidamente... e, ela sumiu em uma lanchonete de beira de estrada a uns oitenta quilômetros de onde eu moro. Além do mais, garotas desaparecidas são uma especialidade do estado de Connecticut, assim diz meu pai.

— É... e acho que nem todas vão parar nos jornais.

— E, mesmo assim, acho que as pessoas esquecem... rápido demais.

O céu não tinha a mesma cor, não naquele dia. Era como se um pincel gigante e sujo tivesse esfumado o azul. Essa foi a primeira impressão ao se encostar na varanda e observar aqueles grandes blocos de nuvem que se moviam rumo ao sudoeste.

— Três vezes.

Elizabeth olhou para o lado e viu Eleanor parada, com as mãos sobre o guarda-corpo da sacada.

— Desculpe, o que disse, Eleanor?

— Susan... meu nome é Susan... não olhe pra mim, continue olhando para o céu.

Elizabeth cravou os olhos na floresta que cercava o casarão, levou as mãos até o corpo e inclinou lentamente a cabeça para cima. Voltou a observar o céu, sem saber o que dizer.

— Eu tentei fugir três vezes, com a ajuda da Sra. Pauline, mas fracassei... com você aqui, eu tenho alguma chance.

Isso é um teste... ela está jogando verde? Pensou Elizabeth.

— Eu não entendi, Elean...

— Corte o papo furado, Elizabeth... nós duas sabemos que a lavagem cerebral do Dr. Maud não dá certo... eu preciso que você me escute, pois essa é a nossa melhor chance.

— Estou te ouvindo... qual é o plano?

A porta da varanda se abriu, Fletcher passou pelas duas com um forcado e seguiu dando a volta no casarão. Susan ficou quieta e esperou ele sair de vista.

— Esse é um dos problemas, essa aberração fareja alguém a quilômetros. Você tem que ser esperta... e, pelo que ouvi, você sabe dirigir, coisa que eu não sei.

— Sim... eu sei dirigir. Você sabe onde está Jonathan? Ele estava comigo no acidente.

— Ótimo, a Sra. Pauline vai nos ajudar... e, não... eu não escutei nada sobre o seu namorado... quando acordei você já estava no quarto de hóspedes, no dia em que chegou. Talvez a Sra. Pauline saiba. Mas uma coisa de cada vez.

Elizabeth olhou para Susan e a garota voltou a ser Eleanor:

— Oh, Alice... eu vou organizar os pincéis de pintura. Acho que a Joan está caminhando no bosque. Talvez o papai possa nos levar lá mais tarde. Mamãe deve estar costurando...

— H-han... é... claro, Eleanor. Te vejo... depois?

— Ah, sua boba, estou sempre por perto... que tal ler algo da estante do papai? Ah, mas nada dos livros assombrosos da Joan, por favor.

Ela está consciente de tudo, meu Deus preciso me controlar, preciso controlar a ansiedade ou vão saber. Senhor, o que eu faço? E agora eu preciso saber onde Jonathan está. Calma, Elizabeth, você vai surtar, por favor não deixa eles perceberem, eu preciso me recompor, onde Jonathan está? Engole esse nervosismo, encolhe a barriga pra dentro, segue em frente calmamente... calma... respira, calma... você vai dar um jeito... calma.

A mente da garota borbulhava.

Ela voltou para dentro do casarão, em passos lentos. Abriu a porta dupla e respirou fundo antes de pôr os pés no assoalho de madeira. Foi até a cozinha e agarrou um copo e o encheu de água.

A Sra. Pauline lavava a louça, calma e estática em suas expressões.

— Está tudo bem, Alice? — perguntou a Sra. Pauline.

— Sim... está tudo bem, Paul. Há algo que eu possa fazer para ajudar?

O Sr. Maud passou pelo corredor, fumava um cigarro e Elizabeth pôde sentir os olhos da figura percorrendo o seu ser. Ele subiu as escadas em passos mais lentos. Pauline olhou para o teto e disse, cochichando:

— Você precisa fazer melhor do que isso se quiser sair daqui.

— Jonathan? Você sabe ond...

— Não seja estúpida! As paredes têm ouvidos nessa casa... me ajude a guardar as louças então, minha querida.

Elizabeth olhou para o teto e respondeu.

— Claro, Paul... não precisa pedir duas vezes.

CONNECTICUT - 12 QUILÔMETROS DA PROPRIEDADE DOS MAUD

— E os rumores vão voando, como folhas secas ao vento... e acho que é assim em quase todo lugar, não é mesmo?

— Se você diz, William — respondeu Bob.

— E você, o que acha, garoto?

Dylan observa a paisagem.

— Eu concordo... acho que no fim das contas as pessoas não sobrevivem sem uma boa fofoca. Aqui ou ali. Digo isso porque conheço de perto esse tipo de gente.

— E esse tipo de gente existe em todo lugar — disse William.

Os três passaram por um trecho onde grande parte da vegetação havia sido queimada, um homem com um chapéu de palha grande estava carregando uma trouxa de saco na beira da estrada. O chapéu tinha a aparência de um sombreiro improvisado. O sujeito observou o Chevelle passar e continuou andando.

Mais um quilômetro e meio e a vegetação ganhou vida novamente, a estrada escureceu com a sombra das árvores que abobadavam o trajeto. William aumentou o volume do rádio quando Starship Trooper do Yes começou a tocar. Era uma canção longa, nove minutos de cantoria e instrumentalidade guiadas por Jon Anderson.

Não era comum uma canção de nove minutos ocupar quase um bloco inteiro de uma rádio, mesmo que em 1979 a versão completa de Bohemian Rhapsody tivesse estrelado nas rádios do país com sua versão completa. Ainda assim, a música tinha seis minutos e meio. Nove minutos era uma eternidade em uma estação de rádio. Um espaço de publicidade ocupado por uma música de 1971.

Isso fez com que William adornasse o humor com a ideia de que aquele não era um dia qualquer. Starship Trooper, em uma quinta-feira, em pleno horário de almoço? As pessoas querem ouvir o resultado do jogo dos Patriots, não nove minutos de poesia tocada, pensou William.

Uma placa indicava um desvio por uma estrada de terra. Mais dois quilômetros e eles chegaram na entrada de uma outra estrada com um portão de madeira. Outra placa dizia: "Propriedade particular".

— Aqui estamos... Como você pretende voltar pra casa, garoto? — perguntou Bob.

— Eu dou um jeito. Agradeço por terem me trazido até aqui.

— Dar um jeito? Você tá no meio do nada, talvez não tenha pensado direito nisso. — disse William.

— É...

—Vamos fazer o seguinte... o mapa diz que daqui a quatro quilômetros tem uma parada de caminhões. Eu e Bob podemos ir até lá, precisamos resolver algumas coisas e almoçar. Voltamos às quatro da tarde e passamos por aqui. E te damos uma carona até a parada, de lá você consegue pegar um ônibus. O que acha?

Dylan olhou para fora e observou a estrada de terra que levava até a casa dos Maud.

— Se não for atrapalhar vocês... eu aceito.

— Atrapalhar? Deixa disso, garoto. Quatro quilômetros não são nada... não é, Bob?

— Claro, será um prazer, garoto...

— Então, combinado — disse William. — Às quatro horas estaremos aqui, te esperamos por quinze minutos. Se não aparecer... bom, aí vou assumir que ganhou uma carona do astro da literatura.

— Combinado!

Ligaram o carro. Dylan desceu e passou por uma fresta lateral no portão de madeira.

Bob dirigiu até a entrada do desvio e deu meia-volta. Voltaram devagar com o carro e encostaram.

—Vamos dar uma olhada... — disse Bob.

— Por dentro do bosque, o que acha?

— Tudo bem, vou pela esquerda do portão e você pela direita, damos uma olhada e nos encontramos no carro em vinte minutos.

Bob abriu o porta-luvas e pegou os dois revólveres .38. Ambos carregados.

— Só por precaução... além do mais não vamos arriscar deixar as armas dentro do carro.

Os dois seguiram como o planejado. Seguiram caminhos distintos para obterem uma visão diferente dos lados da propriedade.

CONNECTICUT - PROPRIEDADE DOS MAUD - 01:46 PM

William andou pelo bosque que cercava a propriedade por cinco minutos até chegar na fronteira. A clareira e as paredes brancas da casa podiam ser vistas de dentro do bosque. Ele encostou atrás de uma árvore e começou a observar. O suor e o barulho das cigarras incomodavam. Fazia calor naquela tarde.

A caminhonete azul chegou minutos depois e estacionou. Um homem de camisa de botão saiu e entrou no casarão. William presumiu que o garoto já estivesse dentro do casarão. Até então não havia nada demais. Era apenas um casarão de fazenda, isolado.

Ele se virou para voltar e se deparou com um sujeito enorme e de ombros largos. A mão do sujeito agarrou a cabeça de William e a bateu três vezes no tronco da árvore. O barulho das cascas de árvore fez o ouvido de William zunir. Não ouvia mais nada além de um forte zunido em ambos os ouvidos.

O sujeito tirou o revólver da cintura de William e o agarrou pelas pernas. Ele foi arrastado floresta adentro. William sentia que a cabeça sangrava. Estava desorientado e não conseguia falar. Olhava para cima e só conseguia ver as costas do sujeito e uma das mãos agarrando sua perna, puxando-o com força.

William foi jogado em uma vala fedorenta. O corpo rolou e caiu em um emaranhado de lama e carniça. O sujeito desceu a ladeira e William pôde ver os olhos do sujeito o encarar. Viu o pé dele levantar e descer como um martelo no seu rosto. E apagou.

Depois de alguns minutos de caminhada por entre a floresta e uma boa quantidade de lama nas botas, Bob chegou ao seu lado da fronteira entre floresta e clareira. A vista do casarão mostrava a lateral esquerda da propriedade.

Bob viu um sujeito ao longe saindo da floresta, do lado em que provavelmente William estaria, mas não pôde reconhecer quem era. A visão já não era mais a mesma. Você podia ter uma visão magnífica durante toda a vida se tivesse a sorte de não ser amaldiçoado pela miopia. No entanto, após os cinquenta, a presbiopia chegava com tudo, só para lembrar que estava envelhecendo cada vez mais rápido e que precisaria usar óculos para ler. E Bob, além de "velho", era míope.

A distância atrapalhou a identificação do sujeito, mas dava para dizer que era grande, o que o fez pensar que não era William. O sujeito pegou algo que parecia ser uma pá ou ferramenta de jardinagem grande e voltou em direção à floresta. Bob ficou preocupado com o colega, mas tinha a sensação que ele saberia se cuidar.

Ele não viu nada demais na propriedade. O casarão era grande e tinha muitas janelas, mas não havia ninguém em nenhuma delas. Bob andou por alguns metros à esquerda e, de dentro da floresta, chegou a um barranco alto. Subiu e olhou por cima de alguns arbustos que se projetavam no barranco. Um gazebo com telhas pintadas de branco podia ser visto ao fundo.

As portas do segundo andar do casarão se abriram e uma mulher em um vestido branco saiu. Bob arregalou os olhos e viu a mulher se debruçar na sacada.

Cabelos... r-ruivos... só pode estar brincando comigo... peguei você. Pensou ele.

Bob sentiu uma incredulidade invadir o seu Eu. Não saberia dizer o que tinha o trazido àquele lugar e naquele momento. Sorte? Coincidência? Não importava.

Ele sabia que deveria agir sabiamente e não cometer os erros do passado. Decidiu voltar até o carro e se encontrar com William.

Dylan bateu à porta do casarão. Uma mulher simpática abriu a porta e olhou para ele com um sorriso na cara.

— Olá, jovenzinho. Está perdido?

— Olá... na verdade não.

Jeanine olhou para o livro debaixo do braço do garoto.

— Eu conheço isso... — Ela estendeu a mão e agarrou gentilmente o livro. — Ah... não é um dos favoritos dele, mas ainda assim, é um dos livros dele.

— Então o Dr. Maud mora aqui, mesmo?

— Claro que mora... você... é...?

— Desculpa... meu nome é Dylan... Eu li alguns dos livros do Dr. Maud e fiquei fascinado pelo trabalho dele... eu estava pensando, não sei... em conhecer ele.

— Ah... um fã! Leslie vai adorar isso. Ah, por favor, entre, Dylan. Meu nome é Jeanine. O Leslie deu uma saída, mas já deve estar voltando. Quer tomar alguma coisa? Está suando, querido.

— Obrigado... eu aceito um copo de água, dona Jeanine.

— Ah... pelo amor de Deus, me chame de Jeanine somente.

Dylan entrou na casa. Jeanine levou o garoto até a sala de estar e começou a folhear o livro que o garoto trouxera. A Sra. Pauline apareceu com uma jarra de água e dois copos. Ela encheu o copo de água e deu um sorriso para o garoto, que retribuiu a gentileza.

Elizabeth passou pelo corredor e olhou para o garoto. Uma súbita sensação de familiaridade percorreu o corpo. Ela reconheceu o garoto e sentiu que ele também a reconheceu.

Ele fingiu não ter visto a garota dos cabelos pretos passar e continuou focado em Jeanine, tentando manter a boa educação. Mas, alguma coisa estava diferente na garota. Era a garota do estacionamento, mas parecia estar em outra embalagem. Aquela era a versão de "luxo", pensou. A versão que Dylan havia visto parecia ser a "para viagem".

Dylan se sentiu incomodado com a presença repentina da garota, mas seguiu firme à espera do Dr. Maud.

A Sra. Pauline saiu da sala e deixou os dois à vontade. Subiu as escadas e foi até o quarto de Eleanor. A garota estava sentada na cama e com um olhar apreensivo.

— Rápido. Chegou a hora, Eleanor.

Eleanor olhou para a Sra. Pauline e amarrou os cabelos com uma faixa de cetim. A expressão mudou e o tom de voz perdeu o tom açucarado e deu lugar a uma amargues há muito contida:

— É Susan, Paul... Susan.

Pauline desceu as escadas e foi até o quarto de Elizabeth e a alertou sobre o momento. Ela enfiou as mãos no avental e puxou uma chave. Deu para Elizabeth e pediu para que ela fosse calmamente até o quarto de Eleanor.

A garota subiu as escadas o mais devagar e dentro do normal possível. Entrou no quarto e se deparou com Eleanor, de roupas trocadas. Uma camiseta, uma calça e um par de tênis cinza.

— É agora... me ajude a abrir a janela, devagar... você tá com a chave?

— S-sim. — Elizabeth mostrou a chave avulsa nas mãos.

— Ótimo... vamos pegar o carro do Maud e cair fora. Vista isso.

Susan deu um par de tênis e uma calça jeans para Elizabeth. Ela trocou de roupa e pôs a barra do vestido para dentro da calça.

— Desculpe, não tenho outra camiseta — disse Susan.

As duas abriram a janela e desceram pelo parapeito através de uma escada de uma corda improvisada.

Susan guiou Elizabeth até a parte de trás do casarão.

— Shiiii... abaixe.

O Dr. Maud chegou na caminhonete e estacionou na frente do casarão. Desceu do carro e entrou em casa enquanto acendia um cigarro.

— Vamos.

Elas chegaram na parte de trás da casa. Um alçapão com portas duplas estava aberto. Elizabeth olhou para o alçapão e se assustou com as duas figuras saindo.

A Sra. Pauline saiu primeiro e estendeu a mão. Um braço esguio se projetou para fora e Pauline puxou o sujeito de dentro do alçapão.

— Jonathan!

Elizabeth abraçou Jonathan o mais rápido que pôde. Ele estava magro e debilitado. O rosto tinha algumas feridas e o cabelo parecia ensebado de sangue.

— Vamos... agora não é a hora. O carro está logo ali. Rápido!

Os quatro foram até o barracão de madeira. Pauline abriu as portas e Elizabeth viu o carro. O Ford Galaxie estava com a pintura encerada, como novo.

Pauline colocou Jonathan sentado no chão. Susan pegou um galão de gasolina e começou a abastecer o carro quando escutou algo que temia.

— Onde acham que vão? — disse Joan, empunhando uma carabina de cano duplo e apontando para os quatro fugitivos.

02:47 pm

Bob saiu no meio da estrada de terra. Voltou até o carro e esperou pelo parceiro. Esperou por vinte minutos até se dar conta de que algo estava errado. A arritmia começou a dar o seu palpite na situação. Bob sentiu o coração disparar e uma leve pontada no peito. Abriu o porta-luvas do carro e engoliu dois comprimidos amarelados.

Quando voltou ao normal, decidiu entrar pelo caminho por onde William fora, na esperança de encontrar o parceiro. A floresta estava mais escura, o céu mais nublado do que antes e os fachos de luz mal entravam pela copa das árvores. Ele seguiu por alguns minutos até se dar conta de que tinha se perdido.

O corpo de William estava caído sobre uma pilha de carniça. Ele acordou sem se lembrar de nada. William rastejou por cima dos corpos. A mão afundou em uma carcaça e ele ficou preso por alguns segundos.

William se desprendeu do corpo podre depois de tentar puxar o braço e seguiu rastejando. Fletcher apareceu na beirada da vala e desceu, empunhando um forcado. Veio andando por entre as carcaças enquanto William tentava falar com o sujeito: "Senhor?..."

Ele se colocou em fuga e rastejou o mais rápido que pôde, mas em vão. Fletcher agarrou os pés e puxou William. O rapaz sentiu o forcado atravessar as costas e perfurar os pulmões. Ele estava acabado.

William sempre imaginou que, quando aquele momento chegasse, no mínimo veria um rolo de filme ser acoplado a um projetor de cinema e assistiria a sua vida passar com um resumo do que tinha sido. Mas nada disso aconteceu. Só havia dor e escuridão. O teatro estava fechando, o peito em chamas e as cortinas descendo. Havia acabado para ele.

03:26 pm

Bob andou por um lamaçal até sentir um cheiro pútrido no ar. Continuou por mais alguns metros e se deparou com a vala de animais. Ele colocou o antebraço no nariz e tapou a boca. O cheiro de carniça lhe causou repulsa.

Ele deu a volta na vala e continuou, não se atreveu a ficar olhando para dentro da imensa vala. Seguiu caminho até visualizar o casarão novamente. Ficou atrás das árvores por um tempo e observou até se dar conta de que William não estava na casa.

— Ok, Will... onde você está!?

Bob agachou entre as árvores e fitou as janelas do casarão e não conseguiu determinar se William tinha tomado alguma atitude estúpida ou se perdido na floresta.

O tempo estava passando, Bob sabia que Dylan em breve sairia da casa rumo à estrada, esperando que os dois lhe dessem a carona prometida.

Ok... vou voltar até o carro. É melhor que esteja lá, William.

Bob deu as costas para o casarão e começou a voltar para onde havia deixado o carro. Não andou dez metros e ouviu o estrondo. A caixa torácica pareceu se contrair e o medo tomou conta.

O tiro era robusto e ecoou na clareira. Não... não era um tiro de revólver, Bob sabia como distinguir um calibre. A sua visão com certeza já não era grande coisa naquela altura, mas a audição ainda guardava seus trunfos. Ele temeu o pior. Pegou o revólver do coldre e seguiu depressa para o casarão.

— Vocês não vão a lugar algum — disse Joan.

Os olhos de Susan se arregalaram ao escutar a voz de Joan, era tudo o que ela não precisava, mas sabia que seria inútil tentar argumentar com a garota. Elizabeth, por outro lado, decidiu tentar. Ela andou em direção de Joan e disse:

— Joan... temos que sair daqui, todos nós!

— Para onde? E para quê? Vocês estão fugindo de casa... vocês estão loucas? A mamãe não vai gostar nada de saber disso... — disse Joan.

A Sra. Pauline olhou para Susan, apreensiva:

— Querida, só vamos dar uma volta, por que não guarda isso e vem com a gente? Podemos tomar aquele sorvete que tanto gosta, o que acha?

— Não! Vocês acham que eu sou trouxa? Pensam que eu não vi você cochichando pelos cantos da casa? Isso mesmo, você e a Eleanor, cochichando e cuspindo segredos na primeira oportunidade. Há meses! Sabia que estavam tramando algo... eu sabia!

— Joan... meu nome não é Eleanor! Você sabe bem disso... e eu não pertenço aqui. Eu não pertenço aqui!

— Burrice! Você é minha irmã... sempre vai ser! A mamãe te acolheu... nós acolhemos você na família. Estamos fazendo o nosso melhor... as coisas pioraram quando essa daí — Joan apontou a carabina para Elizabeth —, chegou.

— Joan! Eu não sou sua irmã... eu gostaria que você fosse, mas não é! Você sabe pelo que eu passei durante todos esses meses... os remédios, os dias trancafiada... a maldita caixa! Eu odeio tudo aqui... quero voltar pra minha família!

— Nós somos a sua família! — Joan apontou a carabina dupla e puxou um dos cães da arma.

— Oh, Deus! Joan! Eu não vou voltar para aquela casa... e você deveria vir conosco antes que algo pior aconteça a você por aqui... o Maud e a Jeanine vão acabar com a sua vida! Você precisa vir com a gente, dar o fora daqui!

— E-eu não vou a lugar nenhum! Nós não vamos... ninguém vai sair daqui. O papai vai ficar furioso!

Elizabeth viu a figura da garota desmoronar. O carisma e a confiança da jovem pareciam esmaecer diante dos seus olhos.

O tempo estava passando... o tique-taque do relógio começou a soar em um tom imaginário nos ouvidos da garota. Tique... taque... tique... taque... não demoraria muito até Jeanine precisar da Sra. Pauline e notar a ausência da criada. Elizabeth ignorou Joan e colocou Jonathan no banco traseiro do carro, o rapaz mal se aguentava em pé. Ele caiu no banco e desmaiou.

— Não... eu não vou a lugar nenhum, e se você quiser... pode puxar o gatilho! Elizabeth... entre no carro...

— Não! Se abrir essa porta... eu juro que vou esvaziar o cartucho na sua cara!

Susan se colocou na frente de Elizabeth e pediu para a irmã abaixar a carabina. Joan empunhou a espingarda e apontou para Susan:

— Essa é a nossa casa, o lugar onde pertencemos, essa... é a nossa casa!

Joan puxou o gatilho, que se seguiu acompanhado de um estrondo. As faíscas da pólvora estouraram por entre a fresta dos canos e a garota se desequilibrou com o recuo da arma.

O alvo caiu estatelado no chão. O tiro duplo abriu um rombo no meio do peito, fazendo jorrar sangue do buraco aberto na carne.

— Então, Dylan... é isso?

— Isso mesmo — respondeu Dylan ao Dr. Maud.

Maud pegou o livro e deu uma boa olhada. Dylan permaneceu sentado, observando o Dr. examinar o livro como se ele fosse um espécime novo, desconhecido.

— Admito... fico surpreso em saber que essa edição ainda existe por aí. Mais surpreso ainda por você ter me encontrado.

— Bem, não foi tão difícil na verdade...

Realmente... aqui está você. Cara a cara com o Dr. Maud, mas ele não parece ser tão brilhante quanto imaginei... A Sra. Jeanine, por outro lado... ela é todo brilho.

— Dylan? — chamou o Dr. Maud. — Dylan?

O garoto ficou por um tempo olhando para o vazio, perdido e extasiado. Jeanine sorria. Os lábios abertos como um botão de rosa.

— Jeanine, por favor... uma palavrinha?

Ela atendeu o pedido do marido e os dois foram até a cozinha.

— Você foi imprudente ao deixar o garoto entrar... sabe muito bem que temos... nós temos hóspedes... temos que ser discretos.

— Ah, por favor, Leslie. O garoto é um fã! Vai me dizer que não se sente lisonjeado tendo o garoto aqui, curioso e interessado nas suas obras?

— Jeanine... ah, meu Deus... essa não é a questão, meu bem... espere um pouco. — Maud entreolhou pela cortina sobre a pia da cozinha. — Onde estão as garotas?

A esposa olhou para os lados da cozinha, colocou a mão sobre a pia e os olhos correram para o canto inferior esquerdo:

— No quarto... com a Pauline... eu acredito.

— As três garotas?

— Não. Joan está andando por aí... como sempre.

Maud olhou para Jeanine cerrando as sobrancelhas:

— Alice e Eleanor estão sozinhas... juntas?

— Com a Pauline, querido.

O Dr. Maud subiu as escadas depressa e abriu a porta. A corda improvisada estava amarrada no pé da cama.

Talvez não seja tarde demais, pensou ele. Se estiverem a pé, Fletcher vai farejar as duas onde quer que estejam. Essa era a especialidade do "homem-armário".

Um estrondo em duplicidade saltou por entre as janelas. Dylan quase caiu do sofá quando ouviu, e no momento em que o som ecoou nos seus ouvidos, soube: aquilo era o som de uma carabina cuspindo a pólvora dos cartuchos. Maud desceu as escadas correndo e abriu com a chave o armário onde o rifle Lancaster jazia carregado de balas.

— O que foi isso!? — perguntou Jeanine.

— Fiquem aqui, os dois… eu vou lá fora.

Maud saiu e desceu as escadas da frente dando de cara com o homem que empunhava um revólver .38. A primeira reação dos dois foi apontar as armas, um para o outro. Bob sabia que aquilo não seria nenhum mal-entendido. Ele puxou o cão do revólver e colocou os nervos em prontidão para atirar.

O coração de Bob começou a palpitar e o suor lavou o seu rosto. Maud continuou mirando o rifle para o sujeito estranho e ousou querer atirar antes mesmo de perguntar:

— O que está fazendo aqui?

Bob olhou para ele e viu o garoto sair pela porta ao fundo. Dylan surgiu como uma aparição, mas uma pancada surgiu no lado direito da têmpora de Bob antes de qualquer um deles abrir a boca. Ele caiu no chão inconsciente, o rosto se espatifando na grama.

— Bom trabalho, Fletcher — disse Maud.

Dylan correu para os fundos da casa e tentou abrir a porta de saída, mas estava trancada. Ele sentiu unhas cravarem no seu braço causando uma dor ardente. Olhou para trás e sentiu um puxão. A Sra. Jeanine tinha os olhos arregalados e ardiam em brasa. Pareciam estar em chamas com uma vermelhidão apavorante. Ela puxou o braço do garoto e o arrastou pela casa. Dylan tentou se soltar, mas foi repreendido com um tapa perto do seu ouvido esquerdo.

—Você veio aqui só para trazer problemas! Mas vou dar um jeito nisso.

A Sra. Jeanine havia perdido o semblante doce, passou de anfitriã à carrasca em segundos e Dylan viu toda a beleza da mulher desmoronar em uma figura de ódio.

— Eu vou dar um jeito em você, seu *merdinha*.

Mais outro bofetão cruzou o rosto do garoto. Ele ficou cambaleando enquanto a mulher o arrastava escadas acima. Jeanine entrou no quarto com o garoto e fechou a porta, mas antes tratou de bater mais uma terceira vez no rosto dele. O sangue começou a escorrer no canto da boca. Ela o segurou pelos ombros e começou a gritar, mas Dylan não conseguiu ouvir som algum sair da boca da mulher.

Susan estava sobre Joan quando Maud chegou na garagem. O corpo da Sra. Pauline estava no chão e uma poça de sangue se formava em sua volta. O buraco no peito ainda expulsava uma boa quantidade de líquido rubro.

— O que foi que fez? — perguntou Maud a Elizabeth.

Ela olhou para ele e tentou abrir a porta do carro. Ele atirou na porta, interrompendo a ação da garota.

—Vocês não vão sair daqui... vou garantir que nenhuma de vocês nunca saia daqui.

Susan tomou a carabina das mãos de Joan e bateu com a coronha no nariz da garota. O sangue explodiu do nariz e jorrou pelo rosto da menina. Susan sentiu os cabelos serem puxados com força, Maud arrancou a garota de cima de Joan, que naquele momento segurava o nariz enlameado de sangue.

—Você... saia de perto do carro... vocês duas vão vir comigo... Joan, levante-se... vá buscar Fletcher.

O Dr. Maud arrastou Elizabeth e Susan de volta ao casarão sem notar que Jonathan estava caído no banco traseiro do carro.

Maud entrou na sala de estar e colocou as duas sentadas no sofá enquanto empunhava o rifle.

— Jeanine? Jeanine, querida... onde você está?

Não ouve resposta.

Bob sentiu o corpo sendo arrastado. Ele abriu os olhos e viu a figura grotesca puxar as suas pernas, dando a volta com ele pela lateral da casa. É ele, pensou Bob. O velho investigador pareceu voltar no tempo e sentiu como se tivesse novamente seus trinta anos. Aquilo parecia um déja-vu, uma repetição programada ou um *replay* de um VHS. O estrangulador estava ali, diante dele.

O destino parecia ter dado a sua última cartada no jogo da vida. Agora, pendurado, Bob estava onde sempre temeu estar: nas mãos do estrangulador. Sim, era ele. Bob podia dizer com propriedade que aqueles olhos fundos pertenciam ao homem das mãos pneumáticas que trituravam traqueias.

Fletcher havia pendurado Bob em um tronco de madeira ao fundo da casa. As mãos foram amarradas para cima com um nó duplo de escota e fixadas em um gancho de ferro. Bob sabia que não havia como escapar e chegou a pensar que, com sorte, talvez William aparecesse para dar o ar da graça. No entanto, o velho perdeu as esperanças ao olhar para a cintura do grandalhão e ver que o revólver de William estava enterrado no cinto do sujeito.

Essa é a nossa casa... ninguém vai sair daqui... não, nós vamos ficar todos aqui... eu vou acender todos...

Joan saiu da garagem carregando um galão de gasolina e foi até o casarão. Deu a volta e encontrou Fletcher segurando o revólver com o tambor aberto.

— O papai quer ver você... na casa, agora!

Ela continuou circundando o casarão até chegar à porta dos fundos da casa.

Eu vou acender nós todos... vocês não vão magoar o papai... suas *piranhazinhas*... eu vou acender vocês como uma tocha...

Susan e Elizabeth estavam no sofá quando Fletcher chegou.

— Fique de olho nela, Fletcher... vou ver onde está Jeanine.

Maud logo subiu a escada, olhando para a porta do quarto.

— Jeanine? Querida, você está aí?

Ele abriu a porta e entrou no quarto, viu Jeanine sentada no chão segurando uma agulha de tricô. Jeanine olhou para Maud com um sorriso calmo antes de dizer:

— Está tudo bem... eu limpei a minha bagunça, querido... não devia ter deixado ele entrar na nossa casa... aqui é a nossa casa. Nosso lar... não é, querido?

Maud olhou para ela e ficou sem saber o que dizer. Ele passou as mãos nos cabelos e limpou o suor da testa, deixando um silêncio assombrar o cenário que estava diante dele.

O vermelho era a nova cor do quarto. A máquina de costura estava suja de sangue e o corpo de Dylan jazia no chão. Maud não conseguiu identificar as incontáveis perfurações no corpo do garoto. O sangue se estendeu como um tapete sobre ele. A esposa do Dr. Maud também estava coberta de sangue, mas uma calmaria percorria a mulher que segurava a agulha de tricô, também ensanguentada.

Dylan estava com os olhos abertos, mas sem vida. Ensanguentado e com o corpo todo perfurado. A camisa de botão estava amarrotada e lavada com o vermelho.

— O q-que... Jeanine?

O Dr. Maud fechou a porta e desceu lentamente as escadas sabendo que não poderia lidar com aquilo naquele momento. As duas garotas precisavam de um novo tratamento de choque, mais severo e mais eficaz. A terapia da caixa de espelhos não estava funcionando como havia funcionado em Joan.

Ele e Fletcher trancaram as duas no quarto de hóspedes, que não possuía janelas e saíram da casa para resolver o outro problema: Bob.

— Quem é você... o que quer aqui? Você vai me dizer ou ele vai arrancar todos os seus dentes — disse Maud.

Bob olhou para ele e sorriu:

— E-eu... eu não sou ninguém. Mas você, você não vai longe com isso... nós vamos parar você.

— Nós? Nós quem?

Fletcher deu um soco no estômago de Bob, mais outro nas costelas e o som delas quebrando pôde ser ouvido pelos dois.

— Nós quem? — vociferou Maud.

Bob olhou para o céu claro, o sol ardia e o suor molhava suas sobrancelhas grossas. Não restava forças, não havia nada que ele pudesse fazer. Sabia que morreria naquele toco de madeira em que estava pendurado. A única coisa que podia tentar era confundir os dois com o que eles não sabiam.

— Nós... todos nós... você... v-ocê... se esconde aqui como se nós não soubéssemos onde está. Mas nós sabemos, e isso tudo vai acabar logo. Eu não tenho mais nada pra dizer... você pode acabar comigo quando quiser... eu já vivi o suficiente, seu verme.

Bob cuspiu o sangue na cara de Maud.

— Tire ele daí... agora! Você vai falar... de um jeito ou de outro... espero que goste de agulhas. — Maud pegou a licença de motorista de Bob e deu uma breve olhada. — Sr. Griffin.

Fletcher tirou Bob do toco de madeira. Quando Bob desceu, caiu cambaleando por cima dos dois e se espatifou no chão.

— Argh... Fletcher... vamos levar ele pra oficina. Ele vai falar.

Bob Levantou o rosto sujo de lama e com a lateral da cabeça carimbada com manchas de sangue seco:

— Mais uma coisa... eu tenho... t-enho mais uma coisa pra dizer a você... uma última coisa — disse Bob, rindo.

— Você tá rindo do quê?

— Sua casa tá pegando fogo.

Maud olhou para o estranho com uma expressão de incredulidade, como se ele estivesse tentando fazer alguma piada, mas o cheiro de fumaça o obrigou a olhar para o casarão. A casa estava em chamas.

A porta do quarto de hóspedes abriu e Joan entrou, carregando o galão de gasolina. Elizabeth e Susan olharam para a garota e ficaram espantadas com os olhos dela.

— Joan? O que você vai fazer...? Joan? — perguntou Elizabeth.

— Eu sei bem o que ela vai fazer... Elizabeth, nós precisamos dar o fora daqui... rápido... ou vamos morrer da pior maneira possível.

— Susan?

A garota com o galão de gasolina puxou um isqueiro do bolso e jogou o galão no chão. Ela chutou o galão e ele deitou, jorrando o líquido inflamável pelo tapete do quarto de hóspedes.

— As coisas eram melhores antes de vocês... vocês chegaram e tudo começou a mudar, tudo piorou. Mas vocês vão sumir, vão desaparecer e tudo vai voltar a ser como antes. Tudo vai voltar a ser como antes!

— Joan? — chamou Elizabeth.

Joan abriu a tampa do isqueiro e apertou a pedra.

— Elizabeth... no três...

— O q-quê?

Susan agarrou a ponta do tapete e puxou para cima. Joan se desequilibrou e viu o tapete crescer diante dos olhos. As duas jogaram o tapete para cima da garota, mas não se deram conta de um detalhe: o tapete já estava encharcado de gasolina.

A chama do isqueiro acendeu o tapete e incendiou a roupa de Joan. A garota começou a gritar e as duas saíram correndo do quarto. Ao saírem, depararam-se com uma figura desagradável que descia as escadas correndo. O rosto e o vestido azul ensopados de sangue.

— Suas *vadiazinhas*... eu vou acabar com vocês.

Jeanine correu e parou na frente do quarto. A filha estava em chamas.

A pele de Joan começou a descamar e a derreter como um plástico bolha sobre a chama de um fogão. Jeanine correu até a garota e fez de tudo para apagar as chamas.

Elizabeth e Susan correram para fora do casarão e deixaram as duas para trás, sabiam que era a última oportunidade. Depois de incendiarem a filha do casal, só restaria a sentença de morte que Jeanine assinaria sem pestanejar.

As chamas dominaram a casa em poucos segundos. A pintura branca começou a derreter, fazendo com que uma fumaça negra se estendesse pelo céu. As duas garotas em fuga ouviram um tiro, mas não se atreveram a olhar. Continuaram correndo até o carro.

Elizabeth conferiu se Jonathan estava no carro quando chegou à garagem. O rapaz estava lá, desacordado e sem forças. Ela entrou no automóvel e tentou dar a partida.

— Vamos sair daqui, rápido! — disse Susan.

A chave virou uma, duas, três vezes. O carro não parecia querer sair da garagem. Ela tentou mais uma vez e ele ligou.

— Vamos, Elizabeth! Pisa fundo!

O Ford Galaxie saiu da garagem e Elizabeth pisou no freio. A garota olhou pelo para-brisa e cerrou os olhos. Jeanine estava na frente do carro.

O estrangulador estava parado na frente de Bob enquanto a casa pegava fogo. Bob olhou para ele e percebeu que, por maior que fosse o tamanho do carrasco, naquele momento, Fletcher estava apavorado.

— Parece que você vai ficar sem teto... — disse Bob.

Fletcher olhou para ele e rosnou como um cão de guarda.

— Você não se lembra de mim, mas eu me lembro de você... e como me le-embro. — Bob tossiu e cuspiu sangue enquanto tentava falar. — Mas eu sempre soube... sempre soube que eu iria cruzar com você de novo...

O brutamontes pareceu não gostar da falação. Pegou Bob pelo pescoço e o ergueu, pressionado o corpo de velho contra o tronco de madeira. Bob mal conseguia falar, a voz fraca tentava dizer as últimas palavras entre o sangue que jorrava da boca.

— V-ocê... v-ocê...

Fletcher apertou com mais força.

— D-eixou... cair... isso... — Bob moveu os olhos para baixo, e Fletcher olhou.

POW! O tiro do revólver atravessou o estômago do estrangulador. Fletcher olhou para baixo e viu o revólver na mão de Bob. Ele havia pego a arma da cintura quando caiu por cima dos dois.

Bob deu um sorriso e Fletcher retribuiu com um apertão que causou um "crack" no pescoço de Bob. O revólver caiu no chão. Bob caiu no chão, afogando-se no próprio sangue.

Fletcher saiu cambaleando por alguns metros e caiu de joelhos. Ele olhou para o estômago e ficou parado por alguns segundos. O estrangulador caiu para o lado e ficou ali, sangrando, até morrer.

A mulher que costumava ter os cabelos ruivos agora estava quase irreconhecível. O fogo havia consumido boa parte do cabelo e a sua beleza em praticamente a sua totalidade. O rosto queimado e os olhos vermelhos de sangue olhavam para as duas dentro do carro.

— Elizabeth...

— Sim, Susan?

— Passa por cima dessa *vadia*!

Elizabeth pisou fundo no acelerador, as rodas do carro rotacionaram e lançaram lama para trás como um touro em disparate. O carro correu para cima de Jeanine. A mulher gritou com o carro vindo em sua direção e ficou estática, parada olhando e gritando como se as garotas fossem explodir com o ódio expelido na voz. O carro, por outro lado, ignorou a mulher e passou por cima. Um som de ossos sendo triturados pôde ser ouvido.

— Isso é pela minha gata... sua *vadia*! — disse Susan, olhando para trás e vendo o corpo de Jeanine despedaçado pelos pneus do carro.

As duas dirigiram pela estrada de terra. Passaram pelo Chevelle prata estacionado na beira da estrada. Aceleraram e continuaram, sem olhar para trás.

FIM

POSFÁCIO

A história por trás desse livro é algo complexo, pelo menos para mim. Vou dizer que acho um tanto "chato" parar para ler prefácios em livros e, na maioria das vezes, eu não quero saber o que o autor tem para dizer sobre sua obra. Pelo menos não até que eu a leia. E é por isso que essa obra não tem um prefácio.

Sempre acreditei que uma história tem muito mais para dizer do que a simples narrativa que a ficção apresenta. A ficção é muito mais do que "*só ficção*". As histórias e os personagens são elementos que, muitas vezes (para não dizer todas), representam parte do autor e suas experiências. O modo como o autor vê o mundo em geral ou lida com a realidade. Essa é a verdadeira experiência da escrita. A experiência de poder colocar dentro da ficção tudo o que você sabe, o que você viu e o que gostaria de falar sobre tudo isso.

Quando comecei a escrever Caixa de Espelhos, o título era outro. Era algo mais singelo e que não condizia nada com a história em si. Mas, isso eu só descobri depois das cerca de vinte mil palavras escritas. Eu já tinha transpassado a barreira dos contos (que é geralmente 4mil palavras), mas algo não estava certo com o título. Era vazio e sem expressão.

Depois de perceber que a escrita era formada de um conjunto arrebatador de mudanças irrefreáveis, comecei a escrever com mais afinco. Passei noites em claro e acompanhado de algumas boas garrafas de café preto para me manter onde eu queria estar. E foi aqui que eu estive por um bom tempo. Ao lado de Bob, por exemplo, enquanto ele escutava Starship Trooper do Yes em uma rádio americana. Sim, eu também "estava" no Chevelle com Bob, William e Dylan. Posso dizer que eu era o 4º passageiro? (Calma, não estou fazendo uma referência a criatura de Ridley Scott, embora eu acredite que eu possa ser meio extra-terrestrial também *risos*).

Sim, eu estava lá. Estar com todos esses personagens, conhecendo e dialogando diariamente foi uma experiência incrível. E, eu me senti, durante a escrita, como eu desejava me sentir: em um *road movie* dos anos 80.

Mas é uma pena a escrita de uma obra chegar ao fim, porque quando isso acontece, o autor tem que dar adeus aos personagens e partir para a próxima obra. Não digo isso por egoísmo. Na verdade, digo isso pois, depois de um bom tempo convivendo com os personagens, você acaba ganhando um certo carinho.

Estar com eles foi como estar no primeiro mês em um emprego novo. Você chega e alguns já estão lá, você vê os rostos pela primeira vez e vai conhecendo um a um, aos poucos. Porém, outros vão chegando. Chegam quase sempre de surpresa. Eles colaboram com o "enredo". Cada um com sua parcela comportamental.

Além do mais, esse livro é para ser uma ferramenta telepática. Telepática? Sim! E talvez tenha funcionado. Se você passou pelas páginas e parou para pesquisar a música que tocava na rádio do Dodge Charger de Jonathan, ou deu uma olhada em Tangerine do Led Zeppelin, bom, então posso dizer que deu certo. Porque eu estava escutando essas canções enquanto escrevia e estava com eles.

Portanto, o que ecoava na minha cabeça... chegou até você. Não importa quanto tempo tenha levado ou o fato de que eu e você não nos conhecemos. De um jeito ou de outro, o que se passava dentro da minha cabeça, chegou até a sua.